GRöLS Verlage

„Bücher sind wie Fallschirme. Sie nützen uns nichts, wenn wir sie nicht öffnen."

Gröls Verlag

Redaktionelle Hinweise und Impressum

Das vorliegende Werk wurde zugunsten der Authentizität sehr zurückhaltend bearbeitet. So wurden etwa ursprüngliche Rechtschreibfehler *nicht* systematisch behoben, denn kleine Unvollkommenheiten machen das Buch – wie im Übrigen den Menschen – erst authentisch. Mitunter wurden jedoch zum Beispiel Absätze behutsam neu getrennt, um den Lesefluss zu erleichtern.

Um die Texte zu rekonstruieren, werden antiquarische Bücher von Lesegeräten gescannt und dann durch eine Software lesbar gemacht. Der so entstandene Text wird von Menschen gegengelesen und korrigiert – hierbei treten auch Fehler auf. Wenn Sie ebenfalls antiquarische Texte einreichen möchten, finden Sie weitere Informationen auf www.groels.de

Viel Freude bei der Lektüre wünscht Ihnen das Team des Gröls-Verlags.

Adressen

Verleger: Sophia Gröls, Im Borngrund 26, 61440 Oberursel

Externer Dienstleister für Distribution & Herstellung: BoD, In de Tarpen 42, 22848 Norderstedt

Unsere „Edition | Werke der Weltliteratur“ hat den Anspruch, eine der größten und vollständigsten Sammlungen klassischer Literatur in deutscher Sprache zu sein. Nach und nach versammeln wir hier nicht nur die „üblichen Verdächtigen“ von Goethe bis Schiller, sondern auch Kleinode der vergangenen Jahrhunderte, die – zu Unrecht – drohen, in Vergessenheit zu geraten. Wir kultivieren und kuratieren damit einen der wertvollsten Bereiche der abendländischen Kultur. Kleine Auswahl:

Francis Bacon • Neues Organon • **Balzac** • Glanz und Elend der Kurtisanen • **Joachim H. Campe** • Robinson der Jüngere • **Dante Alighieri** • Die Göttliche Komödie • **Daniel Defoe** • Robinson Crusoe • **Charles Dickens** • Oliver Twist • **Denis Diderot** • Jacques der Fatalist • **Fjodor Dostojewski** • Schuld und Sühne • **Arthur Conan Doyle** • Der Hund von Baskerville • **Marie von Ebner-Eschenbach** • Das Gemeindekind • **Elisabeth von Österreich** • Das Poetische Tagebuch • **Friedrich Engels** • Die Lage der arbeitenden Klasse • **Ludwig Feuerbach** • Das Wesen des Christentums • **Johann G. Fichte** • Reden an die deutsche Nation • **Fitzgerald** • Zärtlich ist die Nacht • **Flaubert** • Madame Bovary • **Gorch Fock** • Seefahrt ist not! • **Theodor Fontane** • Effi Briest • **Robert Musil** • Über die Dummheit • **Edgar Wallace** • Der Frosch mit der Maske • **Jakob Wassermann** • Der Fall Maurizius • **Oscar Wilde** • Das Bildnis des Dorian Grey • **Émile Zola** • Germinal • **Stefan Zweig** • Schachnovelle • **Hugo von Hofmannsthal** • Der Tor und der Tod • **Anton Tschechow** • Ein Heiratsantrag • **Arthur Schnitzler** • Reigen • **Friedrich Schiller** • Kabale und Liebe • **Nicolo Machiavelli** • Der Fürst • **Gotthold E. Lessing** • Nathan der Weise • **Augustinus** • Die Bekenntnisse des heiligen Augustinus • **Marcus Aurelius** • Selbstbetrachtungen • **Charles Baudelaire** • Die Blumen des Bösen • **Harriett Stowe** • Onkel Toms Hütte • **Walter Benjamin** • Deutsche Menschen • **Hugo Bettauer** • Die Stadt ohne Juden • **Lewis Caroll** • *und viele mehr….*

H. G. Wells

Der Unsichtbare

Ein grotesker Roman

Inhalt

1. Kapitel
Die Ankunft des Fremden

An einem winterlich kalten Februartage, bei schneidendem Wind und Schneegestöber – dem letzten Schnee des Jahres – kam der Fremde von der Bahnstation Bramblehurst zu Fuß über die Düne, einen kleinen, schwarzen Mantelsack in der warm verwahrten Hand. Er war von Kopf bis zu Fuß eingehüllt, und der Rand des weichen Filzhutes verbarg sein Gesicht bis auf die glänzende Nasenspitze vollkommen. Der Schnee hatte sich auf seinen Schultern und seiner Brust festgesetzt und den Sack, den er trug, mit einer weißen Kruste bedeckt. Mehr tot als lebendig wankte er in den Gasthof „Zum Fuhrmann" und warf sein Gepäck auf den Boden. „Ein Feuer!" rief er. „Um der Barmherzigkeit willen! Ein Zimmer und ein Feuer!" In der Schankstube schüttelte er den Schnee von seinen Kleidern und folgte Mrs. Hall in das Gastzimmer, um wegen seiner Unterkunft zu verhandeln. Ohne dort noch ein weiteres Wort zu verlieren, warf er nachlässig zwei Goldstücke auf den Tisch und schlug in dieser formlosen Weise sein Quartier in dem Gasthofe auf.

Mrs. Hall machte Feuer im Kamin und ließ ihn dann allein, um ihm in der Küche eigenhändig eine Mahlzeit zu bereiten. In Iping zur Winterszeit einen Reisenden zu beherbergen, der überdies nicht knauserig zu sein schien, war ein unerhörter Glücksfall, und die Wirtin war entschlossen, sich ihres guten Sterns würdig zu erweisen.

Sobald der Speck am Feuer und Millie, das Hausmädchen, von ihr durch einige wohlgezielte Scheltworte aufgemuntert worden war, trug sie Tischtuch, Teller und Gläser ins Gastzimmer und begann mit der größten Aufmerksamkeit den Tisch zu decken. Sie war erstaunt, zu sehen, daß der Gast ihr den Rücken wendete, trotz des lustig flackernden Feuers Hut und Überrock anbehalten hatte und auf das Schneetreiben im Hof hinaussah.

Er hatte die behandschuhten Hände auf dem Rücken gefaltet und war anscheinend in Gedanken versunken. Sie bemerkte, daß der Schnee auf seinen Kleidern zu Wasser wurde und auf ihren Teppich herabtropfte.

„Kann ich Ihnen Hut und Rock abnehmen, mein Herr, und sie in der Küche trocknen?“ fragte sie.

„Nein,“ antwortete er, ohne sich umzuwenden.

Sie war nicht sicher, ob er sie verstanden hätte, und wollte schon ihre Frage wiederholen.

Da wandte er den Kopf und sah sie über die Schulter hinweg an. „Ich ziehe es vor, sie anzubehalten,“ erklärte er mit Nachdruck, und sie konnte bemerken, daß er eine große, blaue Brille trug und ein buschiger Backenbart seine Wangen vollkommen bedeckte.

„Gut, mein Herr,“ sagte sie, „wie's gefällig ist. Das Zimmer wird gleich warm werden.“

Er hatte sich wieder abgewandt und antwortete nicht. Da Mrs. Hall fühlte, daß die Zeit zur Anknüpfung eines Gespräches nicht gut gewählt sei, vollendete sie rasch und geräuschlos das Decken des Tisches und huschte hinaus. Als sie zurückkehrte, stand er noch an derselben Stelle, wie aus Stein gehauen, mit gekrümmtem Rücken, aufgeschlagenem Rockkragen und triefender, abwärts gebogener Hutkrempe, die Gesicht und Ohren vollständig verbarg. Würdevoll setzte sie die Schüssel mit Eiern und Speck nieder und rief ihm zu:

„Ihr Frühstück ist fertig, mein Herr.“

„Danke,“ erwiderte er darauf, ohne sich zu rühren, bevor sie die Tür hinter sich geschlossen hatte. Dann aber drehte er sich schnell um und wandte sich mit Heißhunger dem Tisch zu.

Als Mrs. Hall in die Küche hinter der Schankstube ging, hörte sie einen Ton, der sich in regelmäßigen Zwischenräumen wiederholte. Klick, klick, klick ging es, der Klang eines Löffels, der in einem Gefäß klappert. „Dieses Mädchen!“ rief sie. „Ich hatte es ganz vergessen. Das kommt von ihrer Langsamkeit.“ Und während sie das Mischen des Senfs selbst besorgte, bekam Millie einige saftige Bemerkungen über ihre Langsamkeit zu hören. Sie (Mrs. Hall) hatte Schinken und Eier gekocht, den Tisch gedeckt, kurz alles getan, während Millie – wahrlich eine schöne Hilfe –

nicht einmal mit dem Senfrühren zustande kam. Und ein neuer Gast im Hause, der hoffentlich lange bleiben würde! Dann füllte sie das Senfglas, setzte es voll Selbstbewußtsein auf ein schwarz-goldenes Servierbrett und trug es ins Fremdenzimmer.

Sie klopfte an die Türe und trat sofort ein. Als der Gast sie gewahrte, machte er eine rasche Bewegung, und einen flüchtigen Augenblick sah sie etwas Weißes hinter dem Tisch verschwinden, als ob der Fremde etwas vom Boden aufheben wolle. Mrs. Hall setzte das Senfglas auf den Tisch; dabei bemerkte sie, daß der Überrock abgenommen und über einen Stuhl am Feuer ausgebreitet war, und ein Paar nasse Stiefel ihr Kamingitter mit Rost bedrohten. Sie ging entschlossen darauf zu: „Jetzt kann ich sie doch wohl zum Trocknen nehmen?“ sagte sie in einem Ton, der keinen Widerspruch duldete.

„Lassen Sie den Hut da,“ sagte der Fremde mit dumpfer Stimme, und als sie sich umwandte, bemerkte sie, daß er den Kopf erhoben hatte und sie anblickte.

Einen Augenblick lang starrte sie ihn an, zu überrascht, um sprechen zu können.

Er hielt ein weißes Tuch – eine Serviette, die er mitgebracht hatte – vor den unteren Teil seines Gesichts, so daß es Mund und Kinnbacken ganz bedeckte und die Stimme nur halb erstickt daraus hervordrang. Aber nicht das erschreckte Mrs. Hall, sondern der Umstand, daß ein weißer Verband seine ganze Stirn über den blauen Gläsern verhüllte, während ein zweiter die Ohren verbarg und von seinem ganzen Gesicht nichts als die spitze, rote Nase frei ließ. Diese war leuchtend rot und glänzte wie bei seiner Ankunft. Er trug eine dunkelbraune Samtjacke mit einem hohen, schwarzen, leinengefütterten Kragen, der in die Höhe geschlagen war. Das dichte schwarze Haar, das hie und da zwischen dem Kreuzverband vorlugte, bildete seltsam geformte Schwänze und Hörner und verlieh ihm das denkbar merkwürdigste Aussehen ... Dieser verhüllte und verbundene Kopf war dem, was sie erwartet hatte, so unähnlich, daß sie einen Augenblick lang wie erstarrt dastand. Er legte die Serviette nicht weg, sondern hielt sie in der mit einem braunen Handschuh bekleideten Hand fest, wobei er seine Wirtin durch die unergründlichen Augengläser hindurch unverwandt anblickte. „Lassen Sie den Hut da," wiederholte er undeutlich durch das weiße Tuch hindurch.

Ihre Nerven begannen sich von dem Schrecken zu erholen. Sie legte den Hut auf den Stuhl neben dem Feuer zurück. „Ich wußte nicht, mein Herr," begann sie, „daß –" und sie schwieg verwirrt still.

„Danke," sagte er kurz, von ihr zur Tür und dann wieder auf sie blickend.

„Ich will sie gleich schön trocknen, mein Herr," sagte sie und trug seine Kleider aus dem Zimmer. Während sie zur Tür schritt, warf sie noch einen Blick nach dem weißverhüllten Kopf und den undurchsichtigen Augengläsern, aber er hielt sein Tuch noch immer vor das Gesicht. Es durchschauerte sie ein wenig, als sie die Tür hinter sich schloß, und in ihrem Gesicht spiegelten sich Überraschung und Bestürzung wieder. „Du meine Güte," flüsterte sie. "So etwas!" Ganz sachte ging sie in die Küche und war zu sehr mit ihren Gedanken beschäftigt, um Millie zu fragen, was sie jetzt wieder in Unordnung bringe.

Der Gast saß ganz still und lauschte auf die verhallenden Fußtritte. Er warf einen forschenden Blick nach dem Fenster, ehe er die Serviette entfernte und wieder zu essen anfing. Er nahm einen Bissen, blickte mißtrauisch nach dem Fenster – aß einen zweiten Bissen. Dann erhob er sich, ging mit der Serviette in der Hand quer durchs Zimmer und verhüllte den oberen Teil der Fenster bis dahin, wo weiße Vorhänge über das Glas gespannt waren, worauf das Zimmer in Dämmerlicht getaucht schien, und er mit erleichterter Miene zum Tisch und seinem Mahl zurückkehrte.

„Der arme Mensch hat einen Unfall erlitten oder eine Operation oder so etwas durchgemacht," dachte Mrs. Hall. „Nein, wie mich dieser Verband erschreckt hat."

Sie legte frische Kohlen auf, machte den Kleiderstock frei und breitete den Rock des Reisenden darüber. „Und diese Brille! Er sieht gar nicht wie ein leibhaftiger Mensch aus." Sie hängte sein Halstuch auf den Kleiderständer. „Und die ganze Zeit hatte er das Tuch vor dem Munde und sprach durch das Tuch durch! – – Vielleicht hat er auch am Munde Verletzungen. Wahrscheinlich sogar!“

Sie wandte sich um, wie jemand, der sich plötzlich an etwas erinnert. „Gott sei meiner Seele gnädig!“ rief sie. „Bist du mit den Kartoffeln *noch* nicht fertig, Millie?“

Als Mrs. Hall das Frühstück des Fremden wegräumte, wurde sie in ihrer Vermutung, daß auch sein Mund durch einen Unfall verletzt oder entstellt worden war, bestärkt. Denn, obwohl er seine Pfeife rauchte, entfernte er doch während der ganzen Zeit, die sie im Zimmer zubrachte, auch nicht ein einziges Mal das seidene Halstuch, welches er um den unteren Teil des Gesichtes geschlungen hatte, um das Mundstück der Pfeife an die Lippen zu führen. Doch geschah dies nicht aus Vergeßlichkeit, denn sie sah ihn nach der Pfeife schielen, aus der der Rauch immer schwächer emporstieg. Er saß in der Ecke, mit dem Rücken gegen das verdunkelte Fenster, und sprach nun, nachdem er gegessen und getrunken hatte und behaglich durchwärmt war, in weniger verletzender Kürze als zuvor. Der Widerschein des Feuers verlieh seiner ungeheuren Brille ein gewisses Leben, das ihr bisher gefehlt hatte.

„Ich habe etwas Gepäck auf der Station in Bramblehurst,“ sagte er und fragte sie, wie er es holen lassen könne. Ganz höflich neigte er das verbundene Haupt zum Danke für ihre Erklärung. „Morgen!“ sagte er. „Kann es nicht früher sein?“ und schien enttäuscht, als sie verneinte. „Ob sie dessen ganz sicher sei? Könnte es nicht jemand mit einem Handwagen abholen?“

Bereitwillig beantwortete Mrs. Hall seine Fragen und suchte hierauf ein Gespräch in Gang zu bringen. “An der Düne läuft die Straße steil hinab, mein Herr,“ erklärte sie in Beantwortung seiner Frage bezüglich des Handwagens. Dann fügte sie, froh einen Anknüpfungspunkt gefunden zu haben, hinzu: „Vor einem Jahr oder noch länger warf dort ein Wagen um, ein Reisender und der Kutscher blieben tot. Ein Unglück geschieht oft im Handumdrehen, nicht wahr?“

Aus dem Fremden war jedoch nicht so leicht etwas herauszubringen. „Das stimmt," sagte er hinter dem Tuch hervor, Mrs. Hall durch die undurchdringlichen Augengläser unverwandt betrachtend.

„Aber die Heilung dauert zuweilen gar lang, nicht wahr? Mein Schwestersohn schnitt sich mit der Sense in den Arm – er stolperte nämlich im Heu über sie – und mußte wahrhaftig volle drei Monate in einem Gipsverband liegen. Sie werden es kaum glauben. Seither habe ich einen heiligen Schreck, wenn ich eine Sense zu Gesicht bekomme."

„Das kann ich ganz gut verstehen," sagte der Fremde.

„Wir fürchteten eine Zeitlang, daß er operiert werden müsse, so schlimm stand es mit ihm."

Der Gast lachte kurz auf – ein bellendes Lachen, das er im Munde zu kauen schien. „Wirklich?" fragte er.

„Ganz gewiß, mein Herr. Und für diejenigen, die ihn pflegen mußten, wie ich – meine Schwester hatte mit ihren Kleinen so viel zu tun – war nichts zu lachen dabei. Verbände anlegen und Verbände abnehmen – so, wenn ich mir die Freiheit nehmen darf, es zu sagen, mein Herr –."

„Wollen Sie mir Zündhölzchen bringen," unterbrach sie der Fremde unvermittelt. „Meine Pfeife ist ausgegangen."

Mrs. Hall verstummte. Eine solche Taktlosigkeit, während sie ihm soeben erzählte, was sie alles getan hatte. Sie hatte schon den Mund zu einer scharfen Entgegnung geöffnet, als sie sich noch rechtzeitig der beiden Goldstücke erinnerte und nach den Zündhölzern ging.

„Danke," sagte er mit unhöflicher Kürze, als sie die Schachtel niederstellte, drehte ihr den Rücken und starrte wieder zum Fenster hinaus. Das Gespräch über Operationen und Verbände war ihm sichtlich unangenehm. So kam sie schließlich davon ab, sich „die Freiheit zu nehmen, zu sagen –" Aber sein abweisendes Benehmen hatte sie in eine gereizte Stimmung versetzt und Millie mußte das an jenem Nachmittag büßen.

Bis 4 Uhr blieb der Fremde im Gastzimmer, ohne Mrs. Hall auch nur den Schatten eines Vorwandes zum Hineingehen an die Hand zu geben. Während dieser Zeit verhielt er sich meist ganz still: er schien in der zunehmenden Dunkelheit rauchend, vielleicht schlummernd, beim Feuer zu sitzen. Ein- oder zweimal hätte ihn ein neugieriger Horcher beim Kohlenkessel hören können, und fünf Minuten lang ging er im Zimmer auf und ab. Er schien mit sich selbst zu sprechen. Dann hörte man den Lehnstuhl krachen, als er sich wieder niederließ.

2. Kapitel
Mr. Teddy Henfreys erste Eindrücke

Um 4 Uhr – es war schon ziemlich dunkel, und Mrs. Hall nahm eben ihren Mut zusammen, um ins Gastzimmer zu gehen und den Fremden zu fragen, ob er Tee wünsche – kam Teddy Henfrey, der Uhrmacher, ins Wirtshaus.

„Bei Gott, Mrs. Hall," sagte er, „ein böses Wetter für dünne Stiefelsohlen!"

Der Schnee fiel draußen immer dichter.

Mrs. Hall war derselben Ansicht und bemerkte dann, daß er seinen Werkzeugkasten bei sich hatte. „Da Sie einmal da sind, Mr. Henfrey," meinte sie, „wäre es mir lieb, wenn Sie sich die alte Uhr im Gastzimmer ein wenig ansehen wollten. Sie geht zwar gut und schlägt auch laut und richtig, aber der Stundenzeiger zeigt immer auf sechs."

Und sie ging voran zur Gastzimmertür, pochte und trat ein.

Als sie die Tür öffnete, sah sie ihren Gast im Lehnstuhl vor dem Feuer sitzen; den verbundenen Kopf zur Seite geneigt, schien er zu schlummern. Das Licht im Zimmer ging von der roten Glut des Feuers aus. Alles erschien ihr rötlich, schattenhaft und undeutlich, besonders da sie kurz vorher die Lampe in der Schankstube angezündet hatte und ihre Augen noch geblendet waren. Aber eine Sekunde lang schien es ihr, als ob der Mann, den sie vor sich sah, einen ungeheuren, weit geöffneten Mund habe, einen unglaublich großen Mund, der den ganzen unteren Teil seines Gesichts wegnahm. Es war der Eindruck eines Augenblicks: der weißverbundene Kopf, die riesige Schutzbrille und diese ungeheure, gähnende Leere darunter. Dann machte er eine Bewegung, fuhr von seinem Stuhl auf und hob die Hand empor. Sie riß die Tür weit auf, so daß das Licht von außen ins Zimmer drang und dann sah sie ihn deutlich, mit dem Halstuch vor dem Gesicht, gerade wie er vorher die Serviette gehalten hatte. Sie dachte, die Schatten müßten ihr Spiel mit ihr getrieben haben.

„Wäre es Ihnen unangenehm, mein Herr, wenn der Mann hier die Uhr ansehen würde?“ fragte sie, sich von ihrer augenblicklichen Verwirrung erholend.

„Die Uhr ansehen?“ wiederholte er, verschlafen um sich blickend, hinter der Hand hervor. Dann wurde er vollends wach und sagte: „Meinethalben!“

Mrs. Hall holte die Lampe und er stand auf und reckte sich. Dann kam das Licht, Mr. Teddy Henfrey trat ein und stand der vermummten Gestalt gegenüber. Er war, wie er später sagte, ganz betroffen.

„Guten Abend!“ sagte der Fremde, indem er Mr. Henfrey, wie dieser in Anspielung auf die ungeheuren Brillengläser angibt, „wie ein Hummer“ anglotzte.

„Ich hoffe, ich störe nicht,“ sagte Mr. Henfrey.

„Durchaus nicht,“ versetzte der Fremde. „Obgleich ich annehme,“ fuhr er zu Mrs. Hall gewendet fort, “daß dieses Zimmer ausschließlich für meinen Privatgebrauch bestimmt ist.“

„Ich dachte, mein Herr,“ entgegnete Mrs. Hall, „es würde Ihnen lieber sein, wenn die Uhr –“

„Gewiß,“ sagte der Fremde, „ganz gewiß. In der Regel ziehe ich es aber vor, allein und ungestört zu sein.“

Er lehnte sich an den Kamin und legte die Hände auf den Rücken. „Und dann, wenn die Uhr in Ordnung ist, hätte ich gern eine Tasse Tee. Aber nicht früher.“

Mrs. Hall wollte hierauf das Zimmer verlassen – diesmal machte sie keinen Versuch, ein Gespräch anzuknüpfen, weil sie sich in Mr. Henfreys Gegenwart nicht einer Abweisung aussetzen wollte – als ihr Gast sie fragte, ob sie wegen seines Gepäcks in Bramblehurst etwas veranlaßt hätte. Sie erwiderte, sie hätte mit dem Postmeister darüber gesprochen und der Fuhrmann würde es am nächsten Morgen bringen.

„Ist es bestimmt früher nicht möglich?“ sagte er.

Es sei unmöglich, lautete die kühle Antwort.

„Ich muß Ihnen noch etwas mitteilen,“ fügte er hinzu, „früher war ich zu durchkältet und zu müde dazu: ich beschäftige mich mit wissenschaftlichen Experimenten.“

„Wirklich, mein Herr!“ sagte Mrs. Hall sehr gespannt.

„Und mein Gepäck enthält die erforderlichen Apparate und Hilfsmittel.“

„Gewiß sehr nützliche Dinge,“ meinte Mrs. Hall.

„Es liegt mir natürlich daran, in meinen Forschungen fortzufahren.“

„Natürlich, mein Herr.“

„Der Grund meiner Reise nach Iping,“ fuhr er mit einer gewissen Überlegung fort, „war – der Wunsch nach Einsamkeit. Ich wünsche nicht in meiner Arbeit gestört zu werden. Außer diesen Arbeiten zwingt mich ein Unfall –“

„Ich dachte es mir gleich,“ sprach Mrs. Hall zu sich selbst.

„Zurückgezogen zu leben. Ich habe ziemlich schwache Augen, die mir oft so starke Schmerzen verursachen, daß ich mich für Stunden bei geschlossenen Türen im Dunkeln einschließen muß. Hie und da, nicht jetzt gerade. Zu solchen Zeiten ist mir die leiseste Störung, der Eintritt eines Fremden, eine außerordentliche Qual. Ich möchte, daß wir uns ein für allemal verstehen.“

„Gewiß, mein Herr,“ erwiderte Mrs. Hall. „Nur wenn ich mir die Freiheit nehmen dürfte, zu fragen –“

„Das ist alles, glaube ich,“ sagte der Fremde in jener ruhig abweisenden Art, der man nichts entgegensetzen, und die er nach Belieben annehmen konnte. Mrs. Hall sparte also ihre teilnehmenden Fragen für eine bessere Gelegenheit auf.

Nachdem sie das Zimmer verlassen hatte, blieb der Fremde vor dem Feuer stehen, um, wie Mr. Henfrey behauptet, ihn bei seiner Arbeit anzustarren. Mr. Henfrey hatte die Lampe dicht neben sich stehen und der grüne Schirm warf, während er arbeitete, ein blendendes Licht auf das Gehäuse und die Räder der Uhr. Sonst blieb das Zimmer im Schatten. Wenn er aufblickte, flimmerte es ihm vor den Augen. Er war von Natur aus neugierig, und so hatte er ganz unnötigerweise das Werk auseinander genommen, in der Absicht, sein Fortgehen dadurch hinauszuschieben und vielleicht mit dem Fremden ein Gespräch anzuknüpfen. Aber dieser stand unbeweglich und still auf seinem Platz, so still, daß es Henfrey nervös machte. Er hatte das Gefühl, allein im Zimmer zu sein, und blickte auf. In schattenhaften Umrissen, wie durch einen grünen Nebelschleier, sah er den weißverbundenen Kopf und die riesigen, dunkeln, starr auf sich gehefteten Gläser. Es war Henfrey so unheimlich, daß er den andern eine Minute lang wortlos anblickte. Dann sah er wieder auf seine Arbeit. Eine ungemütliche Lage! Wenn er wenigstens ein paar Worte hätte sprechen können! Vielleicht, daß das Wetter für diese Jahreszeit sehr kalt sei?

Er blickte auf, bevor er die einleitenden Worte herausbrachte. „Das Wetter –“ begann er.

„Warum beeilen Sie sich nicht, fortzukommen?“ fragte die unbewegliche Gestalt des Fremden, augenscheinlich in einem Zustand mühsam unterdrückter Wut. „Sie haben hier nichts Weiteres zu tun als den Stundenzeiger zu befestigen. Was Sie da mit der Uhr machen, ist der reine Schwindel!“

„Sofort, mein Herr – nur eine Minute. Ich übersah –“ Und Mr. Henfrey machte, daß er fortkam.

Aber er ging mit dem Gefühle außerordentlicher Verdrießlichkeit fort. „Hol's der Teufel!“ brummte er vor sich hin, als er im Schnee durch das Dorf stampfte, „man muß doch eine Uhr zuweilen reparieren, nicht?“

Und dann: „Darf man dich nicht einmal anschauen, du häßlicher Kerl?“

Und wieder nach einer Weile: „Es scheint dir nicht angenehm zu sein. Wenn die Polizei dich suchte, könntest du nicht mehr vermummt und verbunden sein!“

An einer Ecke kam ihm Hall entgegen, der vor kurzem die Wirtin des Fremden im Gasthof „Zum Fuhrmann“ geheiratet hatte, und der eben von Siderbridge kam, wohin er zuweilen, wenn Reisende anlangten, den Ipinger Postwagen kutschierte. Nach seinem Fahren zu schließen, mochte er in Siderbridge etwas über den Durst getrunken haben. „Wie geht's, Teddy?“ fragte er im Vorbeifahren.

„Einen wunderlichen Kauz habt ihr daheim bei euch!“ sagte Teddy.

Hall war gleich bereit anzuhalten. „Was heißt das?“ fragte er.

„Merkwürdiger Kunde da im „Fuhrmann“,“ erklärte Teddy. „Meiner Treu!“

Und er begann eine lebendige Schilderung des sonderlichen Gastes zu geben. „Sieht fast nach einer Verkleidung aus, glaubst du nicht auch? Ich möchte doch das Gesicht eines Menschen sehen, wenn ich ihn in meinem Hause hätte,“ erklärte Teddy Henfrey. „Aber die Weiber sind so vertrauensselig, wenn es sich um Fremde handelt. Er hat deine Zimmer gemietet und nicht einmal seinen Namen genannt, Hall.“

„Nicht möglich,“ sagte Hall, ein Mensch, der nur sehr langsam begriff.

„Doch,“ entgegnete Teddy, „mit wöchentlicher Kündigung. Wer er auch sein mag, vor einer Woche könnt ihr ihn nicht los werden. Und morgen kommt ein Haufen Gepäck für ihn, sagt er. Wir wollen hoffen, daß seine Koffer nicht mit Steinen angefüllt sind, Hall.“

Und er erzählte, wie seine Tante in Hastings von einem Manne mit leeren Reisetaschen betrogen worden war. Im großen und ganzen erweckte er in dem Freunde einen leisen Verdacht. „Los, Schimmel," sagte Hall, „ich muß mir die Geschichte doch mal ansehen."

Mit bedeutend erleichtertem Gemüt stampfte Teddy weiter.

Anstatt sich die Geschichte „mal anzusehen", wurde aber Hall bei seiner Rückkehr von seiner Frau wegen seines langen Aufenthaltes in Siderbridge tüchtig gescholten und seine ziemlich schüchternen und zaghaften Fragen schnippisch und ausweichend beantwortet. Doch der Samen des Verdachts, welchen Teddy gesät hatte, schlug trotz dieser Entmutigung in Mr. Halls Seele Wurzel. „Ihr Weiber wißt auch nicht alles," sagte er, entschlossen, bei der ersten passenden Gelegenheit Näheres über seinen Gast in Erfahrung zu bringen. Und nachdem der Fremde zu Bett gegangen war, was gegen neuneinhalb Uhr geschah, ging Mr. Hall sehr unternehmend ins Gastzimmer, sah sich die Möbel seiner Frau sehr genau an, um zu zeigen, daß nicht der Fremde dort Herr sei, und maß ein Blatt Papier voll mathematischer Berechnungen, das der Fremde liegen gelassen hatte, mit verächtlichen Blicken. Als er zur Ruhe ging, ermahnte er Mrs. Hall, sich das Gepäck des Fremden, wenn es am Morgen käme, sehr genau anzusehen.

„Kümmre dich um deine Sachen, Mann," erwiderte diese, „und mische dich nicht in meine Angelegenheiten."

Sie war um so eher geneigt, Hall kurz abzufertigen, als der Fremde ohne Zweifel etwas Ungewöhnliches an sich hatte und sie selbst über ihn durchaus nicht beruhigt war. Mitten in der Nacht schreckte sie ein Traum von ungeheuren, weißen Köpfen, die wie Rüben aussahen, auf unendlich langen Hälsen saßen und sie mit riesigen schwarzen Augen verfolgten, aus dem Schlafe. Aber als vernünftige Frau überwand sie ihren Schrecken, drehte sich auf die andere Seite und schlief gleich wieder ein.

3. Kapitel
Tausendundeine Flasche

So geschah es, daß am 29. Februar, bei beginnendem Tauwetter, dieser merkwürdige Mensch wie aus den Wolken nach Iping herabfiel. Am nächsten Tage traf sein Gepäck ein – und auch dieses war eigentümlich genug. Es waren allerdings zwei Koffer da, wie jeder vernünftige Mensch sie haben konnte, aber außerdem noch eine Bücherkiste – große, dicke Bücher, manche in unverständlicher Schrift – und über ein Dutzend Körbe, Kisten und Kasten, welche in Stroh verpackte Gegenstände enthielten, welch letztere Hall, der in gerechtfertigter Neugierde das Stroh untersuchte, für Glasflaschen hielt. Der Fremde, mit Hut, Stock, Handschuhen und Halstuch versehen, erschien voller Ungeduld, als Fearensides, des Fuhrmanns, Karren vor dem Hause hielt, während Hall mit Fearenside ein kurzes Gespräch anknüpfte, bevor er beim Abladen der Kisten behilflich war. Ohne des Fuhrmanns Hund, der freundlich Halls Beine beschnüffelte, zu beachten, trat der Fremde vor die Tür.

„Beeilt euch mit den Kisten!“ rief er. „Ich habe lange genug warten müssen!“ Und er kam die Stufen herab auf den Karren zu, als ob er selbst mit Hand anlegen wollte.

Kaum hatte ihn Fearensides Hund jedoch erblickt, als er unruhig wurde und zu knurren begann; als der Fremde unten angelangt war, tat der Hund einen Satz und sprang dann gerade auf seine Hand los. „Wupp!“ schrie Hall zurückweichend, denn er war Hunden gegenüber gerade kein Held, und Fearenside brüllte: „Nieder!“ und langte rasch nach seiner Peitsche.

Sie sahen, wie die Zähne des Hundes die Hand fahren ließen, hörten einen Schlag, sahen den Hund zur Seite springen, sich in das Bein des Fremden verbeißen und hörten deutlich den Riß, der durch dessen Beinkleider ging. Dann fiel Fearensides Peitsche auf den Hund nieder, der sich unter wütendem Bellen unter die Räder des Karrens verkroch. All dies geschah in dem kurzen Zeitraum einer halben Minute. Niemand sprach, alle schrien. Der Fremde warf einen schnellen Blick auf seine zerrissenen

Handschuhe und auf sein Bein, schien sich zu dem letzteren niederbeugen zu wollen, wendete sich dann aber um und eilte über die Stufen in den Gasthof zurück. Man hörte ihn den Gang durcheilen und die Holztreppen zu seinem Schlafzimmer emporsteigen.

„Du Vieh, du!“ schrie Fearenside, mit der Peitsche in der Hand vom Wagen steigend, während der Hund durch die Räder hindurch jede seiner Bewegungen beobachtete.

„Komm her! Wirst du wohl!“ fügte er hinzu.

Hall war atemlos dagestanden. „Er ist gebissen worden,“ sagte er endlich, „ich will nach ihm sehen.“ Und er folgte dem Fremden. Im Hausflur traf er seine Frau. „Des Fuhrmanns Hund hat ihn gebissen,“ teilte er ihr beim Vorübergehen mit.

Er ging, ohne zu zaudern, die Stiegen hinauf, öffnete die angelehnte Tür zu des Fremden Schlafzimmer und trat ohne Umstände, nur von seinem Mitgefühl geleitet, ein.

Die Vorhänge waren zugezogen und das Zimmer dunkel. Sekundenlang hatte er eine merkwürdige Erscheinung: er glaubte zu sehen, daß ihm ein Arm ohne Hand zuwinke und erblickte ein Gesicht mit drei riesigen Flecken von unbestimmter Farbe auf weißem Grunde, einem hellfarbigen Stiefmütterchen nicht unähnlich. Dann erhielt er einen heftigen Schlag vor die Brust und wurde zurückgestoßen, worauf die Tür hinter ihm zugeschlagen und verriegelt wurde. All das geschah so schnell, daß es ihm an Zeit fehlte, weitere Beobachtungen anzustellen: ein Ineinanderfließen von rätselhaften Schatten, ein Schlag und ein Zusammenstoß. Da stand er auf dem dunklen kleinen Flur und dachte nach, was er da wohl gesehen haben könnte.

Schon nach wenigen Minuten schloß er sich wieder der kleinen Gruppe an, die sich vor dem „Fuhrmann“ angesammelt hatte. Dort stand Fearenside, der die ganze Geschichte schon zum zweiten Male erzählte; Mrs. Hall, die fortwährend erklärte, sein Hund habe kein Recht ihre Gäste zu beißen; Huxter, der Krämer von jenseits der Straße, welcher unverdrossen Fragen stellte, und Sandy Wadgers, der Schmied, der für alles Antworten bereit hatte. Außerdem Frauen und Kinder, die alle gleichzeitig sprachen: „*Mir* sollte er nur kommen!“ – „Solche Hunde sollte man nicht halten dürfen!“ – „Warum hat er ihn denn eigentlich gebissen?“ und so fort.

Mr. Hall, der auf den Stufen stand und zuhörte, hielt es bereits für unmöglich, daß er die merkwürdigen Dinge im oberen Stockwerke wirklich erlebt habe. Übrigens war auch sein Wortschatz zu klein, um seinen Empfindungen Ausdruck zu verleihen.

„Er braucht keine Hilfe,“ erwiderte er auf die Frage seiner Frau. „Wir schaffen am besten gleich das Gepäck hinein.“

„Man sollte die Wunde gleich ausbrennen,“ sagte Mr. Huxter; „besonders wenn sie entzündet ist.“

„*Ich* würde den Hund einfach niederschießen, er verdient es,“ meinte eine Frau in der Gruppe.

Plötzlich begann der Hund von neuem zu knurren.

„Nun! wird's?“ rief eine ärgerliche Stimme im Hausflur und dort stand der vermummte Fremde, wie immer den Rockkragen in die Höhe geschlagen und den Rand seines Hutes nach abwärts gebogen. „Je früher Sie meine Sachen hineintragen, desto lieber ist es mir.“ Von einem unbekannten Zuschauer wurde bei dieser Gelegenheit konstatiert, daß der Fremde Beinkleider und Handschuhe gewechselt hatte.

„Sind Sie gebissen worden, Herr?“ fragte Fearenside. „Es tut mir wirklich leid, daß der Hund – –“

„Durchaus nicht,“ versetzte der Fremde. „Beeilen Sie sich mit dem Abladen.“

Dann fluchte er vor sich hin, wie Mr. Hall behauptet. Kaum war der erste Korb nach seinen Angaben in das Gastzimmer geschafft, als er sich mit außerordentlichem Eifer daraufstürzte und auszupacken anfing. Ohne die geringste Rücksicht auf Mrs. Halls Teppich zu nehmen, warf er das Stroh heraus und begann Flaschen ans Tageslicht zu fördern. Kleinere, dicke Flaschen mit Pulvern, kleine, schlanke Flaschen mit gefärbten und farblosen Flüssigkeiten, langhalsige, blaue Flaschen mit der Aufschrift: „Gift“, dickbauchige grüne Glasflaschen, breite weiße Flaschen, Flaschen mit Glaspfropfen und geätzter Etikette, fein verkorkte Flaschen, Flaschen mit Holzdeckeln, Wein- und Ölflaschen, die er auf dem Wäscheschrank, dem Kaminsims, auf dem Tisch vor dem Fenster, auf dem Fußboden, dem Bücherbrett, kurz überall, reihenweise aufstellte. Der Apothekerladen in Bramblehurst konnte sich nicht halb so vieler Flaschen rühmen. Es war geradezu eine Sehenswürdigkeit. Korb auf Korb gab seinen Inhalt heraus, bis alle sechs leer waren und das Stroh hoch auf dem Tische aufgehäuft lag. Das einzige, was außer den Flaschen aus den Körben hervorkam, war eine Anzahl Probiergläser und eine sorgfältig verpackte Wage.

Und sowie die Körbe leer waren, ging der Fremde ans Fenster, begann zu arbeiten, ohne sich im geringsten um die Strohhaufen, das erloschene Feuer, die Bücherkiste draußen oder um die Koffer und das andere Gepäck zu kümmern, das inzwischen in sein Schlafzimmer hinaufgeschafft worden war.

Als Mrs. Hall ihm das Mittagessen brachte, war er schon so eifrig damit beschäftigt, kleine Mengen der Flüssigkeit aus den Flaschen in die Probiergläser zu schütten, daß er ihre Gegenwart nicht eher wahrnahm, als bis sie den größten Teil des Strohs weggeschafft und das Servierbrett auf den Tisch gestellt hatte, was sie, angesichts des Zustandes, in dem sich der Fußboden befand, etwas geräuschvoll getan haben mochte. Nun wandte er halbwegs den Kopf, um sich sofort wieder abzuwenden. Aber sie bemerkte, daß er die Brille abgenommen hatte, die neben ihm auf dem Tische lag, und es schien ihr, als ob er außerordentlich tiefe Augenhöhlen hätte. Er setzte das Augenglas wieder auf, wandte sich dann ganz um und blickte ihr ins Gesicht. Sie war eben im Begriff, sich über das Stroh auf den Dielen zu beklagen, als er ihr zuvorkam.

„Ich wünschte, Sie kämen nicht herein, ohne anzuklopfen,“ sprach er in jenem Tone großer Gereiztheit, der so charakteristisch für ihn war.

„Ich klopfte an, wahrscheinlich haben Sie – –“

„Das mag sein; bei meinen Untersuchungen – meinen wirklich sehr dringenden und wichtigen Untersuchungen – kann jedoch die leiseste Störung, das Knarren einer Tür – Ich muß Sie bitten – – –“

„Natürlich, mein Herr. In diesem Falle können Sie ja den Schlüssel umdrehen, so oft es ihnen beliebt.“

„Ein ausgezeichneter Gedanke,“ meinte der Fremde.

„Aber das Stroh, Herr! Wenn ich mir die Freiheit nehmen dürfte, zu bemerken –“

„Lieber nicht. Wenn das Stroh Sie stört, setzen Sie's auf die Rechnung.“ Und er brummte etwas vor sich hin, was einem Fluche verzweifelt ähnlich klang.

Er sah so seltsam aus, als er so kampfbereit und zornig, eine Flasche in der einen, das Probierglas in der andern Hand, dastand, daß Mrs. Hall es mit der Angst kriegte. Aber sie war eine entschlossene Frau. „In diesem Falle, mein Herr, würde ich gerne wissen, wie hoch –“

„Ein Schilling – rechnen Sie mir einen Schilling an. Das wird doch genügen?“

„Gut,“ entgegnete Mrs. Hall, indem sie das Tischtuch ergriff und über den Tisch breitete. „Wenn Sie damit einverstanden sind, natürlich –“

Er wendete sich ab und nahm, ihr den Rücken kehrend, den Rockkragen aufwärts gestellt, seinen früheren Platz ein.

Den ganzen Nachmittag arbeitete er bei verschlossener Tür und, wie Mrs. Hall bezeugt, meist stillschweigend. Nur einmal vernahm man eine heftige Erschütterung, das Klirren aneinanderstoßender Flaschen, als ob jemand auf den Tisch geschlagen hätte, das Zersplittern eines heftig zu Boden geschmetterten Glases und dann einen schnellen Schritt, der das Zimmer durchmaß. Etwas Außerordentliches befürchtend, ging sie zu seiner Tür und horchte. Zu klopfen nahm sie sich nicht erst die Mühe.

„Ich komme nicht weiter,“ raste er. „Ich komme nicht weiter! Dreimalhunderttausend, viermalhunderttausend! Solche Zahlen! Ich bin betrogen! Mein ganzes Leben kann ich damit verbringen! – Geduld! nur Geduld! – Oh, ich Narr!“

Das Klappern von nägelbeschlagenen Schuhen auf den Ziegeln der Schankstube, das jetzt laut wurde, brachte Mrs. Hall sehr zu ihrem Verdruß um die Fortsetzung seines Selbstgesprächs. Als sie zurückkehrte, war es wieder still im Zimmer, mit Ausnahme des leisen Krachens des Stuhles und des gelegentlichen Klirrens einer Flasche. Alles war vorüber; der Fremde hatte seine Arbeit wieder aufgenommen.

Als sie ihm den Tee brachte, sah sie unterhalb des Spiegels in der Zimmerecke Glasscherben und einen nachlässig weggewischten, goldgelben Fleck. Sie machte ihn darauf aufmerksam.

„Schreiben Sie's auf die Rechnung,“ knurrte er sie an. „Um Gottes willen, quälen Sie mich nicht! Wenn ich Schaden anrichte, schreiben Sie's auf die Rechnung,“ und er fuhr mit den Eintragungen in sein Notizbuch fort. – – –

*

„Ich will dir etwas sagen,“ begann Fearenside geheimnisvoll. Es war spät am Nachmittag und die beiden saßen in der kleinen Bierstube von Iping beisammen.

„Nun?“ fragte Teddy Henfrey.

„Der Mensch, von dem du sprichst, den mein Hund gebissen hat – ich sage dir – er ist schwarz! Seine Beine wenigstens. Ich sah durch den Riß in seinen Hosen und in seinen Handschuhen. Du hättest doch auch etwas Rotes zu sehen erwartet, nicht wahr? Fehlgeraten! Alles war schwarz. Schwarz wie mein Hut da.“

„Meiner Treu,“ meinte Henfrey, „das ist eine seltsame Geschichte. Aber seine Nase ist doch scharlachrot!“

„Das ist richtig,“ erwiderte Fearenside, „ich weiß es und will dir sagen, wie ich es mir erkläre. Der Mensch ist ein Schecke, Teddy, schwarz und weiß gefleckt. Und er schämt sich, es zu zeigen. Er ist eine Art Mischblut; anstatt sich zu vermischen, sind die Farben in Flecken herausgekommen.

Ich habe schon von derartigen Fällen gehört. Und bei Pferden ist es das Gewöhnliche, wie jedermann weiß."

4. Kapitel
Mr. Cuß interviewt den Fremden

Ich habe die Umstände, welche die Ankunft des Fremden in Iping begleiteten, mit besonderer Ausführlichkeit erzählt, damit der Leser den merkwürdigen Eindruck, den er hervorrief, verstehen soll. Aber bis auf zwei eigentümliche Zwischenfälle kann ich über die Umstände seines Aufenthaltes im „Fuhrmann" bis zu dem denkwürdigen Tag des Vereinsfestes rasch hinweggehen. Es gab der Hausordnung wegen zahlreiche Scharmützel mit Mrs. Hall, aber bis spät in den April hinein, da sich die ersten Anzeichen von Geldmangel zu zeigen begannen, war sie durch irgendeine kleine Extrabezahlung leicht zu beschwichtigen. Hall liebte ihn nicht, und so oft er konnte, sprach er davon, daß es ratsam wäre, sich seiner zu entledigen. Aber er zeigte diese Abneigung hauptsächlich dadurch, daß er sie sorgfältig verbarg und seinen Gast soviel als möglich mied.

„Warte bis zum Sommer, bis die Maler kommen," meinte Mrs. Hall verständig. „Dann werden wir weitersehen. Er mag ein wenig anspruchsvoll sein, aber pünktlich bezahlte Rechnungen sind pünktlich bezahlte Rechnungen, dagegen läßt sich nichts sagen."

Der Fremde ging nie in die Kirche und machte keinen Unterschied zwischen Sonn- und Wochentagen. Auch nicht in seiner Kleidung. Mrs. Hall fand, er arbeite sehr unregelmäßig. Zuweilen kam er früh herunter und arbeitete eifrig. Dann kam es wieder vor, daß er spät aufstand, stundenlang aufgeregt im Zimmer auf und ab ging, rauchte oder im Lehnstuhl am Feuer schlief. Er hatte keinerlei Verbindung mit der Welt außerhalb des Dorfes. Seine Gemütsstimmung war sehr veränderlich; meist aber benahm er sich wie ein Mensch, der fast Unerträgliches zu erdulden hat, und hie und da hatte er plötzliche Anfälle von Wildheit, in welchen er etwas zerriß, zerbrach oder zertrat. Von Tag zu Tag verstärkte sich seine Gewohnheit, leise mit sich selbst zu sprechen; aber obgleich Mrs. Hall sich Mühe gab, etwas zu erhorchen, konnte sie in seine abgerissenen Worte keinen Sinn bringen.

Tagsüber ging er selten aus, aber im Halbdunkel pflegte er bei jedem Wetter, bis zur Unsichtbarkeit vermummt, spazierenzugehen, und selbst dann wählte er die einsamsten und dunkelsten Wege. Die riesige Schutzbrille, das geisterhaft verhüllte Gesicht unter dem breitrandigen Hut, trat er oft spät heimkehrenden Arbeitern unheimlich plötzlich entgegen. Und Teddy Henfrey, der eines Abends um halb zehn Uhr aus dem Gasthause „Zum roten Frack" heraustaumelte, wurde durch des Fremden ungeheuerlichen Kopf, den ein Lichtstrahl aus der geöffneten Wirtsstubentür plötzlich beleuchtete, tödlich erschreckt. Kinder, die ihn bei Anbruch der Nacht sahen, träumten von Gespenstern, und es war eine offene Frage, ob er die Kinder mehr haßte oder sie ihn. Auf jeden Fall aber bestand eine lebhafte Abneigung auf beiden Seiten.

Es war unvermeidlich, daß ein Mensch von so ungewöhnlichem Äußern und solchem Benehmen in einem Dorfe wie Iping den häufigen Gesprächsstoff bildete. Über seine Beschäftigung waren die Meinungen sehr geteilt. Mrs. Hall war in diesem Punkte sehr empfindlich. Wurde sie gefragt, so erklärte sie wohlgefällig, daß er ein „Experimentalforscher" sei, und sprach jede Silbe so sorgfältig aus, als ob sie fürchtete, darüber zu stolpern. Fragte man sie, was ein Experimentalforscher eigentlich sei, pflegte sie mit einer gewissen Überlegenheit zu erwidern, daß gebildete Leute solche Sachen gewöhnlich wüßten, und fügte als Erklärung bei, daß er „Entdeckungen mache". Ihr Gast habe einen Unfall erlitten, sagte sie, durch welchen sein Gesicht und seine Hände entstellt worden wären, und da er zur Empfindlichkeit neige, weiche er natürlich allen Menschen aus. Eine weit verbreitete Ansicht, von der aber Mrs. Hall nichts zu hören bekam, ging dahin, der Fremde sei ein Verbrecher, der sich vor den Augen der Polizei verberge, um sich der Gerechtigkeit zu entziehen. Dieser Gedanke war dem Gehirne Mr. Teddy Henfreys entsprungen und hatte leider die Tatsache gegen sich, daß seit Mitte oder Ende Februar kein

Verbrechen von irgendwelcher Bedeutung begangen worden war. In der Phantasie Mr. Goulds, des Probelehrers an der Volksschule, nahm der Verdacht eine andere Form an: er hielt den Fremden für einen verkleideten Anarchisten, der Sprengstoffe vorbereite, und er beschloß, dem ganz in der Weise eines Detektivs nachzuspüren, so gut es seine Zeit erlaubte. Seine diesbezügliche Tätigkeit bestand hauptsächlich darin, den Fremden, wo immer er ihn traf, scharf anzusehen oder Leute, welche den Fremden nie gesehen hatten, zu Mitteilungen über denselben zu veranlassen. Aber er entdeckte nichts.

Die Anhänger wieder einer anderen Schule, deren Haupt Fearenside war, huldigten entweder der Scheckentheorie oder einer Abart derselben. So zum Beispiel meinte Silas Durgan, der Fremde könnte sein Glück machen, wenn er sich entschlösse, „sich auf Jahrmärkten" zu zeigen, und als Bibelkenner verglich er den Fremden mit dem Mann mit dem Einen Pfund. Wieder andere stellten ihn als einen harmlosen Irrsinnigen hin, eine Annahme, die den unleugbaren Vorzug hatte, alle Sonderbarkeiten des Fremden erklären zu können. Zwischen diesen Hauptgruppen standen Leute, die sich noch keine feste Meinung gebildet hatten und solche, die jedem recht gaben. Das Volk in Sussex ist nicht abergläubisch, und erst nach den Ereignissen der ersten Apriltage tauchte im Dorfe der Gedanke an etwas Übernatürliches auf; selbst dann aber glaubten nur Frauen daran.

Aber wofür sie ihn auch halten mochten, in der Abneigung gegen den Fremden waren die Bewohner von Iping so ziemlich einig. Seine Reizbarkeit, die für einen Städter, der sich geistig beschäftigt, nichts Merkwürdiges gehabt hätte, war für die ruhigen Landleute eine erstaunliche Sache. Die wilden Gebärden, bei denen sie ihn hie und da überraschten, die Hast, mit der er nach Einbruch der Dunkelheit auf abgelegenen Wegen mehr lief als ging, die unnatürliche Zurückweisung aller ihrer neugierigen Annäherungsversuche, seine Vorliebe für das Dämmerlicht, die ihn die Türen schließen, die Vorhänge herunterlassen, Lichter und Lampen auslöschen ließ – wer konnte sich mit solchen Dingen befreunden? Man wich ihm aus, wenn er durchs Dorf ging, und sobald er vorbei war, pflegten humoristisch veranlagte Jünglinge mit aufgeschlagenem Rockkragen und abwärts gebogener Hutkrempe den nervösen Schritt und das geheimnisvolle Gebaren des Gastes nachzuahmen. Es war gerade damals das „Lied von der Vogelscheuche“ sehr populär. Miß Satchell hatte es im Schulvereinskonzert – zugunsten der Anschaffung neuer Kirchenleuchter – gesungen. Und so oft nachher mehrere Ipinger beisammen standen und der Fremde zufällig vorüberging, pfiff einer oder der andere, bald laut, bald leise, einige Takte des Liedes vor sich hin. Selbst kleine Kinder, die zufällig des Abends noch auf der Straße waren, riefen ihm „Vogelscheuche!“ nach und liefen dann, stolz über ihren Mut, davon.

Cuß, der Wundarzt, wurde von Neugierde verzehrt; die Verbände erregten sein wissenschaftliches Interesse, das Gerücht von der ungeheuren Menge von Flaschen seine Eifersucht. Den ganzen April und Mai suchte er krampfhaft nach einer Gelegenheit, mit dem Fremden in Berührung zu kommen. Endlich, gegen Pfingsten, hielt er es nicht länger aus und nahm die Sammelliste für einen Pflegerinnenfonds zum Vorwand, um den geheimnisvollen Gast im „Fuhrmann“ aufzusuchen. Er war erstaunt zu hören, daß Mr. Hall den Namen seines Mieters nicht kannte.

„Er nannte seinen Namen,“ erklärte Mrs. Hall – eine gänzlich ungerechtfertigte Behauptung – „aber ich verstand ihn nicht recht.“ Sie dachte, es sähe so dumm aus, den Namen des Mannes nicht zu wissen.

Cuß pochte an die Tür und trat ein. Eine ziemlich deutliche Verwünschung drang aus dem Zimmer heraus.

„Entschuldigen Sie mein Eindringen,“ begann Cuß, dann schloß er die Tür und Mrs. Hall mußte wohl oder übel auf den Rest des Gespräches verzichten.

Zehn Minuten lang hörte sie murmelnde Stimmen, dann folgte ein Ausruf der Überraschung, das Scharren von Füßen, der dumpfe Fall eines beiseite geschleuderten Stuhles, ein heiseres Lachen – schnelle Schritte näherten sich der Tür und Cuß erschien mit kreidebleichem Gesicht und starr nach rückwärts gewendetem Kopf. Er ließ die Tür hinter sich offen, ging, ohne sich umzusehen, durch den Gang und die Treppe hinab; dann hörte Mrs. Hall, wie sich seine Schritte eiligst auf der Straße entfernten. Den Hut trug er in der Hand. Sie stand hinter dem Schanktisch und blickte auf die offene Wohnzimmertür. Sie hörte den Fremden leise lachen und durch das Zimmer gehen, konnte aber von ihrem Platze aus sein Gesicht nicht sehen. Dann wurde die Tür zugeschlagen und alles war wieder ruhig.

Cuß ging geradeswegs durch das Dorf zu Bunting, dem Pfarrer.

„Bin ich verrückt?“ begann Cuß ohne jede Einleitung, als er in das einfache, kleine Studierzimmer trat. „Sehe ich aus wie ein Irrsinniger?“

„Was ist Ihnen denn geschehen?“ fragte der Pfarrer, auf die losen Blätter seiner dieswöchigen Predigt ein Zeichen legend.

„Der Mensch im Wirtshause –“

„Ja?“

„Geben Sie mir etwas zu trinken,“ bat Cuß und setzte sich nieder.

Als er seine Nerven durch ein Glas billigen Sherrys – das einzige Getränk, welches der gute Pfarrer besaß – gestärkt hatte, begann er ihm von der eben stattgefundenen Unterredung zu erzählen.

„Ich ging hinein,“ keuchte er, „und bat um einen Beitrag für den Pflegerinnenfonds. Er hatte die Hände in den Taschen, als ich eintrat, und ließ sich breit auf seinen Sessel nieder. Dann nieste er. Ich erzählte ihm, ich hätte gehört, er interessiere sich für wissenschaftliche Fragen. Er bejahte es, nieste wieder und kam aus dem Niesen nicht heraus. Hatte sich augenscheinlich vor kurzem einen höllischen Schnupfen geholt. Kein Wunder bei der dichten Vermummung. Ich entwickelte ihm die Idee bezüglich der Pflegerinnen und hielt die ganze Zeit die Augen offen. Flaschen – Chemikalien überall, Wage, Probiergläser auf Regalen und ein penetranter Geruch im Zimmer. Würde er einen Beitrag geben? Sagte, er würde sich's überlegen. Fragte ihn geradezu, ob er experimentiere. Er bejahte. Eine langwierige Untersuchung? Er wurde ganz grob: „Eine verdammt langwierige Untersuchung," sagte er, und nun kam die ganze Sache heraus. Der Mann war gerade am Siedepunkt und meine Frage ließ ihn überschäumen. Man hatte ihm ein Rezept gegeben – ein sehr wertvolles Rezept – wofür, wollte er nicht sagen. Ein ärztliches? „Zum Teufel! Was wollen Sie denn aus mir herausbringen?" Ich bat um Entschuldigung. Wiederholtes Niesen und Husten. Er fuhr fort: Er hatte eben das Rezept lesen wollen. Es bestand aus fünf Ingredienzien. Er hatte es hingelegt und den Kopf weggewendet. Ein Windstoß vom Fenster ließ das Papier aufflattern. Er hörte es rascheln. Er arbeitete damals in einem Zimmer mit offenem Feuer, sagte er. Er sah ein Aufflackern, das Rezept brannte und hob sich im Kamin in die Höhe. Er stürzte sich darauf, gerade als es in den Kamin flog. So! In diesem Augenblick, wie um seine Erzählung lebendiger zu gestalten, hob er den Arm in die Höhe."

„Nun?"

„Ohne Hand. Nichts als ein leerer Ärmel. Gott! dachte ich, welche Verunstaltung! Wahrscheinlich hat er einen künstlichen Arm, den er abgenommen hat. Dann dachte ich: Da steckt doch etwas dahinter. Was zum Teufel hält diesen Ärmel offen und in die Höhe, wenn nichts darin ist? Es war nichts drin, sage ich Ihnen, bis ganz tief hinein, bis zum Schultergelenk nichts. Ich konnte bis zum Ellbogen hineinsehen und ein Lichtschimmer drang durch einen Riß im Stoff. „Großer Gott!" rief ich aus. Da hielt er ein und starrte mit seinen großen Schutzgläsern erst mich, dann seinen Ärmel an."

„Nun?"

„Weiter nichts. Er sagte kein Wort, blickte nur wild um sich und steckte den Ärmel schnell wieder in die Tasche. „Ich habe gesagt," fuhr er fort, „daß das Rezept brannte, nicht wahr?" Fragendes Husten. „Wie zum Teufel können Sie einen leeren Ärmel so bewegen?" sagte ich. „Leeren Ärmel?" „Ja," erwiderte ich, „einen leeren Ärmel."

„Es ist also ein leerer Ärmel. Sie sahen den leeren Ärmel?" Er erhob sich schnell und auch ich stand auf. Mit drei sehr langsamen Schritten kam er auf mich zu, bis er unmittelbar neben mir stand. Nieste gewaltig. Ich wankte nicht, obgleich ich mich hängen lassen will, wenn dieser verbundene Kopf und die Glotzaugen nicht jeden gruseln machen, auf den sie so langsam zukommen.

„Ein leerer Ärmel, sagten Sie,“ wiederholte er. „Gewiß,“ entgegnete ich. Es ist wirklich schwer, seinen Mann zu stellen, wenn man stillschweigend angestarrt wird von einem Menschen mit verhülltem Gesicht und funkelnden Augengläsern. Er zog den Ärmel sehr langsam aus der Tasche heraus und erhob ihn dann gegen mich, als ob er ihn mir nochmals zeigen wollte. Das tat er sehr, sehr langsam. Ich blickte ihn an – eine Ewigkeit schien es mir. „Nun?“ sagte ich mit unsicherer Stimme; „der Ärmel *ist* leer?“

Ich mußte etwas sagen, denn ich begann mich zu fürchten. Ich konnte tief hineinsehen. Er streckte ihn gerade gegen mich aus, langsam, ganz langsam – ungefähr so – bis der Ärmelaufschlag nur noch sechs Zoll von meinem Gesicht entfernt war. Unheimliches Gefühl, einen leeren Ärmel so auf sich zukommen zu sehen! Und dann – –“

„Nun, dann?“

„Etwas – es fühlte sich genau so an, wie ein Finger und ein Daumen – packte meine Nase.“

Bunting lachte hell auf.

„Und es war doch nichts da,“ fuhr Cuß fort, und seine Stimme klang immer schriller. „Sie haben gut lachen, aber ich sage Ihnen, ich war so erschrocken, daß ich ihm einen Schlag auf den Ärmel gab, mich umdrehte und aus dem Zimmer lief – – Ich verließ ihn – –“

Cuß brach ab. Daß seine Aufregung echt war, war nicht zu bezweifeln. Hilflos drehte er sich nach allen Seiten und nahm ein zweites Glas von dem sehr mittelmäßigen Sherry des guten Geistlichen. „Ich sage Ihnen,“ fuhr er fort, „als ich auf seinen Ärmel schlug, hatte ich das Gefühl, einen Arm getroffen zu haben.

Und doch war kein Arm da! Nicht der Schatten eines Armes!“

Mr. Bunting dachte nach. Argwöhnisch blickte er Cuß an. „Es ist eine sehr sonderbare Geschichte," bemerkte er und sah sehr weise und ernsthaft dabei aus. „Wirklich," wiederholte er dann mit großem Nachdruck, „eine höchst sonderbare Geschichte."

5. Kapitel
Der Einbruch im Pfarrhaus

Kurze Zeit nach der Unterredung des Pfarrers mit Mr. Cuß wurde im Pfarrhaus ein geheimnisvoller Einbruch verübt.

Die näheren Umstände des Einbruchs im Pfarrhaus sind uns hauptsächlich durch die Aussagen des Pfarrers und seiner Gattin bekannt. Es geschah nach Mitternacht, am Pfingstmontag, dem Tage, der in Iping den Vereinsfestlichkeiten gewidmet ist. Es scheint, daß Mrs. Bunting in der Stille, die der Morgendämmerung vorangeht, plötzlich mit der klaren Empfindung erwachte, daß die Tür des Schlafzimmers geöffnet und geschlossen worden war. Sie weckte ihren Gatten nicht gleich, sondern setzte sich im Bett auf und horchte. Da hörte sie deutlich das „Trapp, trapp, trapp" unbeschuhter Füße aus dem anstoßenden Ankleidezimmer herauskommen und durch den Gang auf die Treppe zugehen. Sobald sie dessen sicher war, weckte sie ihren Gatten so geräuschlos als möglich. Er zündete kein Licht an, sondern nahm seine Brille, seinen Schlafrock und seine Hausschuhe und ging auf den Flur hinaus, um zu horchen. Er hörte ganz deutlich, wie jemand an seinem Studierpult unten herumtastete, und vernahm dann ein heftiges Niesen.

Darauf kehrte er in sein Schlafzimmer zurück, bewaffnete sich mit der nächstliegenden Waffe, der Feuerzange, und ging ganz leise die Treppe hinab. Mrs. Bunting folgte ihm bis auf den Flur.

Es war etwa vier Uhr und das tiefste Dunkel der Nacht vorüber. In der Vorhalle sah er einen leisen Lichtschimmer, aber der Vorraum zum Studierzimmer gähnte ihm noch tiefschwarz entgegen. Alles war still, mit Ausnahme des leichten Knarrens der Stufen unter Mr. Buntings Tritten und der leisen Bewegungen im Studierzimmer. Dann schnappte ein Schloß, das Schubfach wurde geöffnet, und das Rascheln von Papieren hörbar. Dann kam ein Fluch, ein Streichhölzchen wurde angerieben und das Studierzimmer erschien mit gelbem Lichte übergossen. Mr. Bunting stand jetzt vor der Tür. Durch eine Spalte konnte er das Pult und die offene Lade sehen und auch das Licht, das auf dem Pult brannte. Aber den Räuber sah er nicht. Unentschlossen stand er vor der Tür und Mrs. Bunting näherte sich ihm langsam, gespannt horchend, mit sehr bleichem Gesicht. Ein Umstand hielt Mrs. Buntings Mut aufrecht: die Überzeugung, daß der Einbrecher ein Einheimischer sein müsse.

Sie hörten Goldstücke klirren und machten sich klar, daß der Räuber das Wirtschaftsgeld gefunden hatte – 2 Pfund in Gold und 10 Schilling in kleiner Münze. Bei diesem Ton ermannte sich Mr. Bunting zu plötzlicher Tatkraft. Er packte die Feuerzange mit festem Griff und stürzte in das Zimmer, wohin ihm seine Gattin auf den Fersen folgte.

„Ergib dich!“ schrie Mr. Bunting wild. Dann blieb er betroffen stehen. Das Zimmer war augenscheinlich vollkommen leer.

Und doch war ihre Überzeugung, daß sich einen Augenblick vorher jemand im Zimmer bewegt habe, zur Gewißheit geworden. Wohl eine halbe Minute lang standen sie mit verhaltenem Atem da, dann ging Mrs. Bunting durch das Zimmer und blickte hinter den Ofenschirm, während Mr. Bunting infolge einer ähnlichen Eingebung unter das Pult spähte. Dann zog Mrs. Bunting die Vorhänge zurück, und Mr. Bunting sah in den Kamin, den er mit der Feuerzange untersuchte. Dann unterzog Mrs. Bunting den Papierkorb einer Untersuchung, während Mr. Bunting den Kohlenständer öffnete. Hierauf blieben sie stehen und sahen einander fragend an.

„Ich hätte schwören können,“ sagte Mr. Bunting.

„Das Licht!“ fuhr er fort, „wer hat das Licht angezündet?“

„Die Lade!“ meinte Mrs. Bunting. „Und das Geld ist weg.“

Sie eilten zur Tür.

„Von allen außergewöhnlichen Ereignissen –" Man hörte ein heftiges Niesen im Flur. Sie stürzten hinaus, und im selben Augenblick wurde die Küchentür zugeschlagen. „Bring das Licht!" rief Mr. Bunting und eilte voran. Beide hörten sie das Klirren schnell zurückgeschobener Riegel.

Als sie die Küchentür aufmachten, sahen sie durch die Spülkammer, daß die Haustür eben geöffnet wurde, und in dem ungewissen Licht der Dämmerung stieg die dunkle Masse des Gartens vor ihnen auf. Sie waren überzeugt, daß niemand aus der Tür hinausging. Sie öffnete sich, stand einen Moment lang offen und schlug dann zu. Zugleich flackerte das Licht auf, das Mrs. Bunting aus dem Studierzimmer gebracht hatte ... Es währte einige Minuten, ehe sie die Küche betraten.

Der Raum war leer. Sie verschlossen die Hintertür, durchsuchten gründlich die Küche, die Vorratskammer und den Spülraum und gingen zuletzt in den Keller. Soviel sie auch suchten, es war keine Seele im Hause zu finden.

Das Tageslicht fand den Pfarrer und seine Frau, ein seltsam gekleidetes Pärchen, bei dem überflüssig gewordenen Licht einer tropfenden Kerze, noch immer einander verwundert anblickend.

„Von allen ungewöhnlichen Ereignissen," begann der Pfarrer zum zwanzigsten Male.

„Mein Lieber," sagte Mrs. Bunting, „ich höre Susi soeben herunterkommen. Warte hier, bis sie in die Küche gegangen ist und dann trachte, unbemerkt hinaufzukommen."

6. Kapitel
Das verhexte Zimmer

Nun geschah es, daß am frühen Morgen des Pfingstmontags, bevor Millie aus den Federn getrieben wurde, Mr. und Mrs. Hall gemeinsam aufstanden und geräuschlos in den Keller gingen. Ihre Arbeit dort war eine Privatangelegenheit und stand im Zusammenhange mit dem spezifischen Gewicht ihres Bieres.

Sie waren kaum im Keller angelangt, als Mrs. Hall fand, daß sie die Flasche Sassaparille aus ihrem gemeinsamen Zimmer mitzunehmen vergessen hatte. Da sie die Sachverständige und Leiterin in dieser kleinen Angelegenheit war, so war es nur in der Ordnung, daß Hall die Flasche holte.

Im Flur sah er mit Erstaunen, daß die Tür des Fremden halb offen stand. Er ging in sein eigenes Zimmer und fand die Flasche an ihrem Platz.

Als er aber mit derselben zurückkehrte, bemerkte er, daß die Riegel der Haustür zurückgeschoben und das Tor nur einfach zugeklinkt war. Wie ein Blitz durchzuckte ihn der Gedanke, diese Tatsache mit des Fremden Zimmer im ersten Stock und dem Verdacht, den ihm Teddy Henfrey eingeflößt hatte, in Verbindung zu bringen. Er erinnerte sich deutlich, das Licht gehalten zu haben, als Mrs. Hall die Tür für die Nacht verriegelte. Bei dem überraschenden Anblick blieb er mit offenem Munde stehen, dann ging er, die Flasche in der Hand, noch einmal hinauf. Er klopfte an der Tür des Fremden. Keine Antwort. Er klopfte wieder; dann stieß er die Tür weit auf und trat ein.

Es war, wie er erwartet hatte. Das Bett und auch das Zimmer waren leer. Und was selbst seiner schwerfälligen Intelligenz noch merkwürdiger erschien, auf dem Stuhl neben dem Bett und auf dem Bettrand lagen Kleidungsstücke herum, soviel er wußte, die einzigen Kleider des Gastes und alle seine Verbände. Selbst der große Schlapphut war nachlässig über den Bettpfosten gestülpt.

Wie Hall dort stand, drang die Stimme seiner Frau in dem fragenden Tonfalle höchster Ungeduld aus den Tiefen des Kellers zu ihm herauf: „Georg! Hast du, was wir brauchen?“

Darauf wandte er sich um und eilte zu ihr hinunter. „Jenny!“ rief er ihr über das Geländer der Kellerstiege zu, „Henfrey hat recht mit dem, was er sagt; er ist nicht in seinem Zimmer und die Haustür ist nicht verriegelt!“

Anfangs verstand ihn Mrs. Hall nicht; aber sobald sie es begriff, beschloß sie, sich das leere Zimmer selbst anzusehen. Hall, der die Flasche noch immer in der Hand hielt, ging voran. „Wenn er auch nicht da ist," sagte er, „seine Kleider sind da. Und was kann er ohne Kleider tun? Eine sehr kuriose Geschichte!"

Als sie die Kellertreppe heraufkamen, glaubten sie beide, wie man später feststellte, die Haustür auf- und zugehen zu hören. Aber da sie sahen, daß die Tür geschlossen und nichts dort war, machte damals keiner von beiden eine Bemerkung darüber. Auf dem Gang eilte Mrs. Hall an ihrem Gatten vorbei und lief zuerst die Treppe hinauf. Jemand nieste auf der Stiege. Hall, der sechs Schritte hinter ihr ging, glaubte, daß *sie* genießt habe. Sie, die voranging, war der Meinung, daß es ihr Mann gewesen sei. Sie riß die Tür auf und sah ins Zimmer hinein. „Das ist doch merkwürdig," sagte sie.

Sie hörte ein Räuspern dicht hinter sich; und als sie den Kopf wandte, war sie erstaunt, Hall ein Dutzend Schritte weit entfernt auf der obersten Stufe zu sehen. Aber im nächsten Augenblick stand er neben ihr. Sie beugte sich nieder und legte ihre Hand auf das Kissen und dann unter das Bettuch.

„Ganz kalt," sagte sie. „Er ist seit mehr als einer Stunde auf."

Da ereignete sich etwas höchst Wunderbares.

Die Bettücher ballten sich zusammen, erhoben sich plötzlich zu einer Art Hügel und flogen dann geradeaus über den Bettrand hinweg. Gerade, als ob eine Hand sie in der Mitte gepackt und beiseite geworfen hätte. Unmittelbar darauf schnellte der Hut vom Bettpfosten weg, flog im Halbkreis durch die Luft und traf Mrs. Hall mitten ins Gesicht. Ebenso schnell kam der Schwamm vom Waschtisch und dann drehte der Stuhl – des Fremden Rock und Beinkleider nachlässig beiseite werfend und mit einem, dem des Fremden merkwürdig ähnlich klingenden trockenen Auflachen – alle vier Beine gegen Mrs. Hall, schien einen Augenblick auf sie zu zielen und ging dann auf sie los. Sie kreischte auf und drehte sich um; da kamen die Stuhlbeine langsam, aber sicher auf ihren Rücken zu und trieben sie und Hall aus dem Zimmer. Die Tür schlug heftig zu und wurde verriegelt. Einen Augenblick lang schienen Stuhl und Bett einen Siegestanz aufzuführen, dann wurde plötzlich alles still.

Mrs. Hall lag halb ohnmächtig in den Armen ihres Gatten. Mit schwerer Mühe gelang es ihm und Millie, die durch das Angstgeschrei wach geworden war, sie die Treppe hinunterzuschaffen und mit den Mitteln, die man in solchen Fällen anzuwenden pflegt, zu stärken.

„Das waren Geister!“ stöhnte Mrs. Hall. „Ich weiß, daß es Geister waren. Ich habe in den Zeitungen davon gelesen. Tische und Stühle springen und tanzen herum ...“

„Nimm noch einen Tropfen, Jenny,“ begütigte Hall. „Es wird dich beruhigen.“

„Sperr ihn aus! Laß ihn nicht wieder herein! Ich ahnte es ... Ich hätte es wissen können! Mit seinen Glasaugen und dem verbundenen Kopf, und nie ging er Sonntags in die Kirche, und alle diese Flaschen, mehr als ein Christenmensch haben darf. Er hat die Möbel verhext ... Meine gute alte Zimmereinrichtung! In diesem selbigen Stuhl pflegte meine liebe selige Mutter zu sitzen, wie ich noch ein kleines Mädchen war! Zu denken, daß er jetzt auf mich losgeht!“

„Nimm noch einen Tropfen, Jenny,“ sagte Hall; „deine Nerven sind in einem schrecklichen Zustand.“

Im goldenen Morgensonnenschein schickten sie Millie über die Gasse, Mr. Sandy Wadgers, den Schmied, zu wecken.

„Eine Empfehlung von Mr. Hall und die Möbel oben benehmen sich so seltsam, ob Mr. Wadgers herüberkommen wolle?“

Mr. Wadgers war ein kluger Mann und ein findiger Kopf. Er nahm den Fall sehr ernsthaft. „Ich will verdammt sein, wenn das nicht Hexerei ist,“ war seine Ansicht. „Solchen Dingen ist man nicht gewachsen.“

Sehr bedächtig folgte er dem Rufe. Sie baten ihn, voraus ins Zimmer hinaufzugehen, aber er schien es damit nicht eilig zu haben und zog es vor, auf dem Gange mit ihnen zu sprechen. Drüben kam Huxters Lehrling heraus und begann die Fensterladen zu öffnen. Er wurde herübergerufen, um an der Beratung teilzunehmen. Natürlicherweise folgte ihm Mr. Huxter wenige Minuten später. Die Neigung des Angelsachsen für parlamentarische Formen trat deutlich zutage: es wurde sehr viel gesprochen, aber wenig getan.

„Wir wollen erst die Tatsachen rekapitulieren," verlangte Mr. Sandy Wadgers. „Wir müssen uns klar darüber sein, ob wir auch recht daran tun, die Tür dort gewaltsam zu öffnen. Eine unversperrte Tür kann man immer öffnen, aber wenn man einmal eine erbrochen hat, kann man es nicht mehr ungeschehen machen."

Und plötzlich und wunderbarerweise öffnete sich die Tür des Zimmers oben von selbst, und wie sie betroffen hinaufblickten, sahen sie auf der Treppe die vermummte Gestalt des Fremden, der sie mit seinen unvernünftig großen Schutzgläsern noch starrer und undurchdringlicher als sonst anblickte. Steif und langsam kam er herab, den Blick unverwandt auf sie geheftet. Er ging durch den Flur, glotzte sie an, dann blieb er stehen.

„Da – seht," sagte er. Ihre Augen folgten der Richtung seines behandschuhten Fingers und sahen eine Flasche Sassaparille dicht neben der Kellertür stehen. Dann ging er ins Gastzimmer und schlug schnell und boshaft die Tür vor ihrer Nase zu.

Kein Wort wurde gesprochen, bis das letzte Echo verhallt war. Sie starrten einander an.

„Wenn ich es nicht mit meinen eigenen Augen gesehen hätte!" begann Mr. Wadgers, ließ aber den Satz unvollendet.

„Ich würde hineingehen und mit ihm sprechen," wandte er sich hierauf zu Hall. „Ich würde auf einer Erklärung bestehen."

Es brauchte einige Zeit, bevor man den Mann so weit gebracht hatte. Endlich klopfte er an, öffnete die Tür und begann:

„Bitte um Entschuldigung ..."

„Gehen Sie zum Teufel!“ rief der Fremde mit fürchterlicher Stimme, „und schließen Sie die Tür hinter sich!“

So endigte diese kurze Unterredung.

7. Kapitel
Die Demaskierung des Fremden

Gegen halb sechs Uhr morgens hatte der Fremde das kleine Gastzimmer im „Fuhrmann“ betreten, und dort blieb er bei geschlossenen Türen und herabgelassenen Vorhängen bis gegen Mittag. Niemand wagte ihn zu stören, nachdem es Hall so übel ergangen war.

Die ganze Zeit über mußte er gefastet haben. Dreimal zog er an der Glocke, das dritte Mal sehr heftig und anhaltend, ohne daß sich jemand nach seinen Wünschen erkundigt hätte. „Ich will mit ihm und mit seinem: Gehen Sie zum Teufel! nichts mehr zu tun haben,“ erklärte Mrs. Hall. Bald verbreitete sich ein unbestimmtes Gerücht von dem Einbruch in dem Pfarrhaus, und sofort wurden die beiden Ereignisse in Verbindung gebracht. Von Wadgers begleitet, ging Hall zu Mr. Shuckelforth, dem Friedensrichter, um dessen Ansicht über den Fall zu vernehmen. Niemand wagte sich die Treppe hinauf. Womit sich der Fremde an jenem Vormittag beschäftigte, hat man nie erfahren. Hie und da ging er mit schweren Schritten auf und ab und zweimal drangen Wutausbrüche, das Geräusch von zerrissenem Papier und heftig aneinander klirrenden Flaschen an die Ohren der Lauscher.

Die kleine Gruppe erschreckter, aber neugieriger Leute vergrößerte sich. Mrs. Huxter kam herüber; einige lustige Burschen, die aus Anlaß des Feiertages in schwarzen, fertig gekauften Jacken und Pikeekrawatten Staat machten, halfen den allgemeinen Wirrwarr erhöhen. Der junge Archie Harker zeichnete sich besonders aus, indem er in den Hof hinausging und den Versuch machte, unter die herabgelassenen Vorhänge zu spähen. Er konnte zwar nichts sehen, ließ aber das Gegenteil vermuten, so daß sich ihm andere junge Leute bald anschlossen.

Es war der schönste Pfingstmontag, den man sich denken konnte. Die Dorfstraße entlang standen in einer Reihe fast ein Dutzend Buden und eine Schießstätte; und auf dem Rasen bei der Schmiede standen drei gelb und braun gestreifte Wagen, vor denen mehrere malerisch aussehende Fremde beiderlei Geschlechts ein Kokosnußwerfen veranstalteten. Die Männer trugen blaue Matrosenjacken, die Frauen weiße Schürzen und ganz moderne Hüte mit schweren Federn. Woodyer, aus dem „Roten Hirsch", und Jaggers, der Schuhflicker, der auch mit gebrauchten Fahrrädern handelte, schmückten die Straßen mit Vereinsfahnen und königlichen Bannern, deren ursprüngliche Bestimmung es gewesen war, das erste Viktoriajubiläum zu feiern.

In der künstlichen Dunkelheit des Gastzimmers, in das nur ein schwacher Lichtstrahl drang, brütete der Fremde hungrig, wie man annehmen muß, und ängstlich in seiner unbequem heißen Vermummung über seinen Aufzeichnungen, schlug seine schmutzigen Flaschen aneinander und fluchte von Zeit zu Zeit grimmig auf die Burschen, die, zwar ihm nicht sichtbar, jedoch sehr hörbar vor den Fenstern ihr Wesen trieben. In der Ecke beim Kamin lagen die Bruchstücke von einem halben Dutzend zerbrochener Flaschen. Die Luft war von einem beißenden Chlorgeruch durchtränkt.

Gegen Mittag öffnete der Fremde plötzlich die Tür und starrte die drei oder vier Leute im Schankzimmer an. „Mrs. Hall!" rief er. Widerwillig ging einer von ihnen hinaus, um die Wirtin zu holen.

Mrs. Hall erschien nach einiger Zeit, ein wenig atemlos, aber desto erregter. Hall war noch nicht zu Hause. Sie hatte sich die Sache im voraus reiflich überlegt und trug auf einer Untertasse eine unbezahlte Rechnung. „Sie wünschen wohl Ihre Rechnung, mein Herr?"

„Warum habe ich kein Frühstück bekommen? Warum haben Sie mein Essen nicht gebracht und auf das Läuten nicht gehört? Glauben Sie, daß ich ohne Nahrung leben kann?"

„Warum wird meine Rechnung nicht bezahlt?" entgegnete Mrs. Hall, „das möchte *ich* gerne wissen."

„Ich habe Ihnen vor drei Tagen gesagt, daß ich einen Wechsel erwarte …“

„Und ich habe Ihnen vor drei Tagen gesagt, daß ich auf keinen Wechsel warten will. Sie können sich nicht beklagen, wenn Sie ein wenig auf Ihr Frühstück warten müssen, wo meine Rechnung seit fünf Tagen wartet.“

Der Fremde fluchte kurz, aber grimmig.

„Na, na!“ tönte es aus der Schankstube.

„Und ich wäre Ihnen sehr dankbar, mein Herr, wenn Sie Ihre Flüche für sich behalten wollten,“ fuhr Mrs. Hall fort.

Der Fremde war in seinem Zorn ganz schrecklich anzusehen. In der Schankstube fühlte man aber allgemein, daß Mrs. Hall den Sieg davongetragen hatte. Die nächsten Worte gaben den Beweis dafür.

„Sehen Sie, gute Frau,“ begann er.

„Ich bin nicht Ihre gute Frau,“ fuhr Mrs. Hall auf.

„Ich habe Ihnen gesagt, daß mein Wechsel noch nicht gekommen ist.“

„Wechsel! Haha!“ lachte Frau Hall spöttisch.

„Doch kann ich Ihnen sagen, daß ich in der Tasche …“

„Vor drei Tagen sagten Sie mir, daß Sie kaum einen Schilling Kleingeld bei sich hätten.“

„Ich habe noch etwas Geld gefunden.“

„Aha!“ kam es aus der Schankstube.

„Ich möchte sehr gerne wissen, wo Sie es gefunden haben,“ meinte Mrs. Hall.

Diese Bemerkung schien den Fremden sehr zu verdrießen. Er stampfte mit dem Fuße. „Was meinen Sie damit?“ fragte er.

„Daß ich wissen möchte, wo Sie es gefunden haben,“ gab Mrs. Hall zur Antwort. „Und bevor ich eine Rechnung bezahlt nehme oder Ihnen ein Frühstück gebe oder etwas anderes dieser Art tue, werden Sie so freundlich sein, mir verschiedenes zu erklären, was ich nicht verstehe, und was niemand versteht, und was jeder sehr gerne verstehen möchte. Ich will wissen, was Sie mit meinem Stuhle oben getan haben. Und ich will wissen, wieso Ihr Zimmer leer war, und wie Sie wieder hineinkamen. Wer in meinem Hause wohnt, kommt zur Tür herein. Das ist die Hausregel bei mir. Und das haben *Sie* nicht getan, und ich will wissen, auf welche Weise Sie hereinkamen. Und ich will wissen –“

Plötzlich erhob der Fremde seine behandschuhte Rechte, ballte sie zur Faust zusammen, stampfte mit dem Fuße und sagte so heftig: „Still!“, daß sie eingeschüchtert stillschwieg.

„Sie wissen nicht,“ sagte er, „wer ich bin und was ich bin. Ich werde es Ihnen zeigen! Beim Himmel, ich werde es Ihnen zeigen!“ Dann strich er mit der Handfläche über das Gesicht und zog die Hand wieder zurück. In der Mitte seines Gesichtes zeigte sich eine schwarze Höhlung. „Hier,“ sagte er. Er tat einen Schritt nach vorwärts und händigte Mrs. Hall etwas ein, was sie, auf sein verwandeltes Gesicht starrend, mechanisch festhielt. Dann, als sie sah, was es war, kreischte sie laut auf, warf es weg und wich zurück. Eine Nase aus Pappe – es war des Fremden Nase, rot und glänzend – rollte mit hohlem Ton auf die Diele. Dann nahm er die Brille ab und die Leute in der Schankstube hielten den Atem an.

Er nahm den Hut ab und riß mit einer heftigen Bewegung an seinem Bart und Verband. Einen Augenblick lang widerstanden sie ihm. Eine schreckliche Ahnung durchblitzte die Umstehenden. „O, mein Gott.“ sagte jemand. Dann flogen Bart und Verband davon.

Das war entsetzlicher als alles. Mrs. Hall, die mit offenem Mund, wie versteinert, dastand, schrie laut auf und floh durch die Tür. Eine Bewegung ging durch die Menge. Man war auf Wunden, Entstellungen, den Anblick von etwas Schrecklichem gefaßt: aber – *nichts*. Der Verband und das falsche Haar flogen durch den Gang in die Schankstube, und einer der jungen Burschen sprang beiseite, um ihnen auszuweichen. Einer stolperte über den andern auf den Stufen. Denn der Mensch, der dort stand und unzusammenhängende Erklärungen in die Luft schrie, war eine greifbare, gestikulierende Gestalt, bis zum Rockkragen hinauf. Und darüber hin nichts – das *Nichts*!

Die Leute im Dorfe hörten Lärm und Angstrufe, und als sie die Straße hinaufsahen, bemerkten sie, wie aus dem „Fuhrmann" die Menschen hinausstürzten. Sie sahen Mrs. Hall zu Boden fallen und Mr. Teddy Henfrey beiseite springen, um nicht über sie zu stolpern. Dann hörten sie das entsetzliche Geschrei Millies, welche während des Tumults herbeigeeilt und des kopflosen Fremden von rückwärts ansichtig geworden war. Dann wurde es plötzlich totenstill.

Alles wälzte sich auf die Straße herauf, der Zuckerbäcker, der Schießbudenbesitzer mit seinem Gehilfen, der Mann von der Schaukel, kleine Knaben und Mädchen, feiertäglich gekleidete Burschen, hübsche Bauerndirnen, herausgeputzte ältliche Jungfern, die Zigeunerinnen – und lief dem Wirtshause zu. In wunderbar kurzer Zeit wogte ein Haufen von etwa vierzig Leuten, der sich ununterbrochen vergrößerte, vor dem „Fuhrmann" hin und her und schrie und fragte und stellte alle möglichen Vermutungen an. Alle wollten auf einmal sprechen, so daß ein wahres Babel entstand. Eine kleine Gruppe nahm sich Mrs. Halls an, welche in halb ohnmächtigem Zustand herausgebracht worden war. Mitten in der Verwirrung wurden die unglaublichen Angaben eines wortreichen Augenzeugen laut: „O Gott! Was hat er denn eigentlich getan? Hat er das Mädchen angefallen?" „Mit dem Messer ist er auf sie losgegangen, glaube ich." „Er ist kopflos, sag' ich euch, das ist keine Redensart, ich meine: ein Mann ohne Kopf!" „Unsinn! Es ist irgendeine Taschenspielerei! Er hat die Kleider abgeworfen –"

In dem Bestreben, durch die offene Tür zu blicken, keilte sich die Menge zusammen, wobei die Waghalsigsten dem Wirtshause zunächst zu stehen kamen. „Er stand einen Augenblick still, ich hörte das Mädchen aufschreien, dann wandte er sich um. Ich sah ihre Röcke fliegen, als er ihr nacheilte. Keine zehn Sekunden dauerte es. Mit einem Messer und einem Laib Brot in der Hand kam er zurück, gerade als ob er halb verhungert wäre. Es ist noch keine Minute her. In diese Tür ging er hinein. Ich sage euch, er hat überhaupt keinen Kopf –"

Von rückwärts kam Bewegung in die dichtgedrängte Menge. Der Redner brach ab, um einen kleinen Zug vorbeizulassen, der sehr entschlossen auf das Haus zuging. Voran schritt Mr. Hall, mit gerötetem Gesicht und sehr entschlossener Miene, dann Mr. Bobby Jaffers, der Dorfgendarm, und zuletzt der so vorsichtige Mr. Wadgers. Sie kamen mit einem Verhaftungsbefehl ausgerüstet.

Die Leute gaben ihnen widersprechende Berichte über die jüngsten Ereignisse. „Kopf hin, Kopf her," sagte Jaffers, „ich habe den Auftrag, ihn zu verhaften, und verhaften werde ich ihn."

Mr. Hall stieg die Stufen hinauf, direkt auf die Tür des Gastzimmers zu, die er offen fand. „Herr Gendarm," sagte er, „tun Sie Ihre Pflicht."

Jaffers ging voran, Hall folgte, Wadgers beschloß den Zug. In dem spärlichen Licht sahen sie sich der kopflosen Gestalt gegenüber, die eine Brotkruste in der einen, den Rest eines Stückes Käse in der andern bekleideten Hand hielt.

„Da ist er," sagte Hall.

„Was zum Teufel ist das?" klang es in ärgerlichem Tone aus dem Rockkragen der Gestalt heraus.

„Sie sind ein verdammt merkwürdiger Kunde, Herr," sagte Jaffers. „Aber mit oder ohne Kopf, der Verhaftbefehl sagt „Person", und Pflicht ist Pflicht."

„Drei Schritt vom Leibe!" sagte die Gestalt, zurückweichend.

Plötzlich warf er Brot und Käse zu Boden und Hall ergriff das Messer auf dem Tisch nur eben noch rechtzeitig, um ihm zuvorzukommen. Den linken Handschuh schleuderte der Fremde in Jaffers Gesicht. Der letztere hielt sofort in seinen Erklärungen bezüglich des Verhaftbefehls inne, packte den Fremden im nächsten Moment beim handlosen Armgelenk und umklammerte seine unsichtbare Kehle. Er bekam einen heftigen Stoß ans Schienbein, der ihn aufschreien ließ, aber er lockerte seinen Griff nicht. Hall ließ das Messer längs des Tisches zu Wadgers hinübergleiten, der sozusagen den Malwärter der angreifenden Partei repräsentierte, und tat dann einen Schritt nach vorwärts, gerade als Jaffers und der Fremde im Ringkampf auf ihn zukamen. Ein Stuhl stand im Wege und wurde geräuschvoll zur Seite geschleudert, als die beiden zu Boden stürzten.

„Packt seine Füße," sagte Jaffers zwischen den Zähnen durch.

Mr. Hall, der dieser Weisung sogleich nachzukommen versuchte, bekam einen heftigen Stoß zwischen die Rippen, der ihn für kurze Zeit kampfunfähig machte. Und Mr. Wadgers zog sich, als er sah, daß der kopflose Fremde die Oberhand über Jaffers gewonnen hatte, mit dem Messer in der Hand gegen die Tür zurück, wo er auf Mr. Huxter und den Fuhrmann aus Siderbridge stieß, die dem Gesetz und der staatlichen Ordnung zu Hilfe kommen wollten. Im selben Augenblick wurden drei oder vier Flaschen vom Wäscheschrank herabgeschleudert und verbreiteten einen stechenden Geruch im Zimmer.

„Ich will mich ergeben!" rief der Fremde, obgleich er Jaffers unter sich hatte. Im nächsten Augenblick stand er keuchend auf, eine seltsame Gestalt ohne Kopf und ohne Hände, denn er hatte jetzt auch den rechten Handschuh abgezogen. „Es hilft nichts," sagte er, wie nach Atem ringend.

Es war die sonderbarste Sache der Welt, diese Stimme aus der Luft kommen zu hören; aber die Bauern in Sussex zählen zu den trockensten Verstandesmenschen unter der Sonne. Jaffers erhob sich und brachte ein paar Handschellen zum Vorschein. Dann hielt er verdutzt inne.

„Zum Kuckuck!" rief er, als ihm die ganze Ungereimtheit der Situation nach und nach zum Bewußtsein kam. „Verdammt! Die Handschellen sind nutzlos, wie ich sehe."

Der Fremde ließ den Arm längs seiner Weste herabgleiten, und wie durch ein Wunder lösten sich die Knöpfe, auf welche sein leerer Ärmel deutete. Dann sagte er etwas von seinem Schienbein und beugte sich nieder. Er schien an seinen Schuhen und Socken zu zerren.

„Oh!" rief Huxter plötzlich, „das ist ja gar kein Mensch, das sind leere Kleider. Man kann in seinen Kragen und das Rockfutter hineinsehen. Ich könnte meinen Arm – – –"

Er streckte die Hand aus; sie schien mitten in der Luft auf etwas zu stoßen und er zog sie mit einem Ruf des Erstaunens zurück. „Ich wollte, Sie ließen mein Auge in Ruhe," rief die Stimme in der Luft wütend. „Tatsache ist, daß ich ganz hier bin – Kopf, Hände, Beine und alles übrige. Nur bin ich unsichtbar. Es ist verdammt unangenehm, aber es ist so. Ist das ein Grund, um mich von jedem dummen Lümmel in Iping in Stücke schlagen zu lassen?"

Die Kleidungsstücke, die jetzt alle aufgeknöpft und lose an dem unsichtbaren Halt hingen, standen auf, die Arme in die Seiten gestemmt.

Mehrere andere Männer waren inzwischen ins Zimmer gekommen, so daß es dicht besetzt war. „Unsichtbar, so?" sagte Huxter, ohne des Fremden Schimpfen zu beachten. „Wer hat je etwas dergleichen gehört?"

„Es mag sonderbar sein, aber es ist doch kein Verbrechen. Warum werde ich von der Polizei in solcher Weise angegriffen – –"

„Ah, das ist ein anderes Kapitel," entgegnete Jaffers. „Bei dieser Beleuchtung ist es allerdings schwer, Sie zu sehen, aber ich habe einen Verhaftbefehl, und der ist ganz in Ordnung. Wohinter ich her bin, ist nicht Unsichtbarkeit, sondern Raub. Es ist in einem Hause eingebrochen und Geld geraubt worden."

„Nun?"

„Und die Umstände weisen deutlich darauf hin – – „

„Blödsinn," sagte der Unsichtbare.

„Das hoffe ich, Herr, aber ich habe den Befehl – – „

„Gut," entgegnete der Fremde, „ich gehe mit Ihnen. Ich gehe – aber keine Handschellen."

„Es ist die Regel!" sagte Jaffers.

„Keine Handschellen!" wiederholte der Fremde.

„Verzeihen Sie," begann Jaffers.

Plötzlich ließ sich die Gestalt nieder und bevor jemand begriff, in welcher Absicht, lagen Schuhe, Socken und Beinkleider unter dem Tisch. Dann sprang sie wieder auf und warf ihren Rock ab.

„Halt da!“ rief Jaffers, der plötzlich begriff, was vor sich ging. Er packte die Weste, sie wehrte sich, das Hemd schlüpfte heraus und die erstere blieb ihm leer in der Hand zurück. „Haltet ihn!“ schrie Jaffers, „sobald er die Sachen abwirft – – –“

„Haltet ihn!“ schrien alle und stürzten sich auf das flatternde weiße Hemd, das einzige von der ganzen Gestalt, das noch sichtbar geblieben war.

Der Hemdärmel versetzte Mr. Hall einen wohlgezielten Schlag in das Gesicht, der dessen Annäherungsversuchen ein Ende machte und ihn gegen den alten Toothsome, den Dorfküster, schleuderte. Im nächsten Augenblick wurde das Hemd emporgehoben und bauschte sich in der Luft. Jaffers griff danach, half aber nur es ausziehen. Ein Schlag aus der Luft traf ihn auf den Mund; ohne sich zu besinnen, erhob er seinen Knüttel und schlug Teddy Henfrey heftig mitten auf den Kopf.

„Aufgepaßt!“ rief man, aufs Geratewohl zuschlagend, ohne etwas zu treffen. „Haltet ihn!“, „Schließt die Tür!“, „Laßt ihn nicht durch!“, „Ich habe etwas!“, „Hier ist er!“. Ein vollkommenes Babel entstand, auf alle hagelte es Schläge, als Sandy Wadgers, klug wie immer – sein Verstand war durch einen heftigen Schlag auf die Nase noch geschärft worden – die Tür öffnete und das Signal zur Flucht gab. Die andern, die ihm in wildem Durcheinander folgten, wurden einen Augenblick zwischen den Türpfosten eingekeilt, wobei das Stoßen und Schlagen fortdauerte, Phipps, dem Unitarier, wurde ein Vorderzahn ausgeschlagen, und Henfrey an der Ohrmuschel verletzt, Jaffers bekam einen Schlag auf die Kinnbacken, und als er sich umwendete, erwischte er etwas, was sich bei dem Kampfe zwischen ihn und Huxter stellte und sie voneinander trennte. Er fühlte eine muskulöse Brust, und im nächsten Augenblick stürzte sich die ganze Masse kämpfender, erregter Männer in die dichtgedrängte Vorhalle.

„Ich hab' ihn!“ schrie Jaffers halb erstickt und taumelnd, mit purpurrotem Gesicht und schwellenden Adern gegen seinen unsichtbaren Feind ankämpfend.

Die Leute wichen rechts und links aus, als sich der seltsame Kampf schnell gegen die Haustür bewegte und auf den wenigen Stufen, die zur Straße hinabführten, sich fortspann. Jaffers schrie, als ob er gewürgt würde, hielt aber nichtsdestoweniger fest und ließ sein Knie spielen. Endlich überstürzte er sich und fiel kopfüber zu Boden. Erst dann verloren seine Finger ihren Halt.

Man hörte aufgeregtes Stimmengewirr. „Haltet ihn!“, „Der Unsichtbare!“ usw., und ein junger Bursche, ein Ortsfremder, dessen Name nicht festgestellt werden konnte, drängte sich vor, ergriff etwas, ließ es fahren und stürzte über den Körper des am Boden liegenden Gendarmen. Mitten auf der Straße kreischte eine Frau auf, als ein Etwas sie beiseite stieß. Ein Hund, der augenscheinlich einen Fußtritt bekommen hatte, kläffte und rannte bellend in Huxters Hof, und damit war die Flucht des Unsichtbaren gelungen. Eine Zeitlang blieben die Leute verblüfft und lebhaft gestikulierend stehen, dann kam die Furcht über sie und zerstreute sie durchs Dorf, wie ein Windstoß, der die welken Blätter herumwirbelt. Aber Jaffers lag still mit aufwärts gerichtetem Antlitz und gebogenen Knien am Fuße der Stufen, die zum Wirtshaus führten.

8. Kapitel
Auf dem Wege

Das achte Kapitel ist außerordentlich kurz und erzählt, daß Gibbins, der in der ganzen Gegend bekannte Naturforscher, welcher auf der weiten, offenen Düne lag – wie er glaubte, der einzige Mensch auf Meilen im Umkreis – und beinahe eingeschlummert war, ganz nahe bei sich einen Menschen husten, niesen und dann wild fluchen hörte. Er sah auf, ohne etwas zu erblicken. Und doch war die Stimme unbestreitbar da. Sie fuhr fort, mit jener Ausdauer und Reichhaltigkeit der Ausdrücke zu fluchen, welche den gebildeten Menschen auszeichnet. Die Stimme kam zu einem Höhepunkt, wurde schwächer und erstarb endlich in der Entfernung, wie es schien, in der Richtung gegen Adderdean zu. Noch einmal erhob sich das Geräusch zu einem Hustenanfall, dann endete es. Gibbins hatte nichts von den Ereignissen des Morgens gehört, aber jenes Phänomen war so merkwürdig und beunruhigend, daß seine philosophische Ruhe schwand. Er stand hastig auf und eilte, so schnell er konnte, den steilen Hügel hinunter, dem Dorfe zu.

9. Kapitel
Mr. Thomas Marvel

Man muß sich Mr. Thomas Marvel als einen Menschen mit beweglichen, leicht veränderlichen Gesichtszügen, vorspringender, gebogener Nase, gierigem, breitem Triefmaul und ungeheurem, struppigem Bart vorstellen. Seine Gestalt neigte zur Wohlbeleibtheit, und seine kurzen Beine ließen diese Anlage noch mehr hervortreten. Er trug einen abgenutzten Zylinderhut, und die häufige Verwendung von Bindfäden und Schuhriemen, anstatt von Knöpfen, an besonders in die Augen fallenden Stellen seines Anzugs ließ leicht den Junggesellen erraten.

Mr. Thomas Marvel saß, die Füße im Straßengraben, auf der Landstraße, die über die Dünen nach Adderdean führt, ungefähr eine und eine halbe Meile von Iping entfernt. Bis auf zerrissene Socken waren seine Füße unbekleidet; seine großen Zehen waren breit und in steter, gleichsam wachsamer Bewegung. In gemütlichem Tempo – er tat alles langsam und gemütlich – schickte er sich eben an, ein Paar Stiefel anzuprobieren. Sie waren die festesten, die er seit langer Zeit besessen hatte, aber etwas zu groß; wogegen jene, die er abgelegt hatte, bei trockenem Wetter sehr angenehm, für feuchtes Wetter aber zu dünn gesohlt waren. Mr. Thomas Marvel haßte zu weite Schuhe, aber er haßte auch die Nässe. Er war sich niemals klar darüber geworden, was von den beiden Dingen ihm widerwärtiger war, und da es ein schöner Tag war und er nichts Besseres zu tun hatte, so stellte er die vier Stiefel zierlich gruppiert auf die Erde und blickte sie an. Und wie er sie da auf dem Grase zwischen den emporschießenden Frühlingsblumen stehen sah, fiel ihm plötzlich auf, wie ganz besonders häßlich beide Paare waren. Er war daher auch gar nicht erstaunt, eine Stimme hinter sich sagen zu hören:

„Stiefel sind es doch immerhin."

„Jawohl – geschenkte Stiefel," entgegnete Mr. Thomas Marvel, den Kopf auf die Seite neigend und sie verachtungsvoll anblickend, „und ich will verdammt sein, wenn ich weiß, welches von beiden im ganzen gesegneten Weltall das häßlichste Paar ist!"

„Hm," sagte die Stimme.

„Ich habe schon schlechtere getragen – unter uns gesprochen – bisweilen auch gar keine; aber niemals noch so verdammt häßliche – wenn Sie mir diesen Ausdruck gefälligst gestatten. Ich bin tagelang um Stiefel betteln gegangen – speziell um Stiefel – weil meine mir zuwider waren. Fest genug sind sie, das ist wahr, aber ein zu Fuß reisender Gentleman hat seine Stiefel so viel vor Augen! Und, Sie mögen es mir glauben oder nicht, ich habe in dieser ganzen gesegneten Gegend, soviel ich auch suchte, keine besseren aufgetrieben als diese da. Man braucht sie nur anzusehen! Und im allgemeinen ist die Gegend doch nicht schlecht, was Stiefel anbetrifft. Aber das Glück ist so launenhaft. Seit zehn Jahren oder länger beziehe ich meine Stiefel aus dieser Gegend. Und dann wird man so behandelt."

„Es ist eine miserable Gegend," sagte die Stimme, „und die Menschen sind nicht besser als Tiere!"

„Nicht wahr?" stimmte Mr. Marvel bei. „Gott, aber diese Stiefel! Das ist das Höchste!"

Er wendete den Kopf nach rechts, um die Stiefel des andern mit den seinigen zu vergleichen. Doch siehe da! Wo die Stiefel seines Gefährten hätten sein sollen, waren weder Beine noch Stiefel. Er wendete den Kopf nach links – aber auch da waren weder Beine noch Stiefel zu finden. Die dunkle Ahnung eines großen Wunders dämmerte in ihm auf. „Wo sind

Sie?“ frug er, sich halb aufrichtend. Er sah nichts als ein Stück offenen Landes, die Düne, über welche der Wind strich, und grüne Baumwipfel in der Ferne.

„Bin ich betrunken?“ sprach Mr. Marvel zu sich selbst. „Sehe ich Gespenster? Habe ich mit mir selbst gesprochen? Was zum –“

„Erschrecken Sie nicht,“ sagte eine Stimme.

„Bei mir kommen Sie mit Ihrer Bauchrednerei schlecht an,“ rief Mr. Thomas Marvel, schnell aufspringend. „Wo sind Sie? Erschrecken, sehr gut!“

„Erschrecken Sie nicht,“ wiederholte die Stimme.

„Du wirst gleich anfangen zu erschrecken, du dummer Kerl,“ sagte Thomas Marvel. „Wo bist du? Wenn ich dich erwische –!“

„Bist du in die Erde vergraben?“ fragte er nach einer Pause.

Keine Antwort. Aufs höchste betroffen stand Mr. Thomas Marvel da, barfuß, mit halb offener Jacke.

„Piwit!“ rief ein Kibitz in der Ferne.

„„Piwit!“ jawohl!“ sagte Mr. Thomas Marvel. „Jetzt ist keine Zeit für dumme Späße!“ Im Osten und Westen, Norden und Süden war die Düne wie ausgestorben. Die Straße mit ihren seichten Gräben und weißen Grenzsteinen lief glatt und menschenleer von Nord nach Süd, und bis auf den Vogel, der gerufen hatte, war auch in der Luft und unter dem blauen Himmel Stille und Verlassenheit. „Gott stehe mir bei,“ sagte Mr. Thomas Marvel, seinen Rock zuknöpfend, „das kommt vom Trinken. Ich hätte es wissen können.“

„Das kommt nicht vom Trinken,“ erwiderte die Stimme. „Nehmen Sie Ihren Mut zusammen.“

„O!“ rief Mr. Marvel, und sein Gesicht wurde so bleich, daß die roten Flecken in demselben noch stärker hervortraten. „Das kommt vom Trinken,“ wiederholten seine Lippen lautlos. Langsam zurücktretend, blickte er sich noch immer nach allen Seiten um. „Ich hätte schwören können, daß ich eine Stimme hörte,“ flüsterte er.

„Sie hörten sie auch.“

„Da kommt es wieder,“ sagte Mr. Marvel, schloß die Augen und legte mit tragischer Gebärde die Hand an die Stirn. Plötzlich wurde er beim Kragen gepackt und heftig geschüttelt; verwirrter denn je blickte er um sich.

„Seien Sie kein Narr!“ sagte die Stimme.

„Ich – habe – meinen – gesegneten – Verstand – verloren!“ jammerte Mr. Marvel. „Es hilft nichts. Ich habe mich zu viel über diese verwünschten Stiefel aufgeregt. Ich habe meinen guten, gesunden Verstand verloren. Oder sind es am Ende Gespenster?“

„Weder das eine noch das andere,“ entgegnete die Stimme. „So hören Sie doch!“

„Mein Verstand!“ seufzte Mr. Marvel.

„Eine Minute!“ sagte die Stimme eindringlich; doch konnte man heraushören, wie sie sich mühsam Zurückhaltung auferlegte.

„Nun?“ fragte Mr. Marvel, wobei ihm das seltsame Gefühl überkam, als ob jemand seine Brust berühre.

„Sie halten mich also für eine Täuschung, ein Trugbild?“

„Was könnten Sie sonst sein?“ fragte Mr. Thomas Marvel, sich die Nase reibend.

„Schön,“ sagte die Stimme mit dem Tone der Erleichterung, „dann werde ich so lange Kieselsteine auf Sie werfen, bis Sie Ihre Meinung ändern.“

„Aber wo sind Sie denn?“

Die Stimme gab keine Antwort. Flugs kam ein Kieselstein, wie es schien, aus der Luft, und flog um eines Haares Breite an Mr. Marvels Schulter vorbei. Als dieser sich umwendete, sah er einen zweiten Kieselstein aufspringen, eine krumme Linie in der Luft beschreiben, einen Augenblick lang stillstehen und dann mit schwindelerregender Schnelligkeit auf seinen Fuß niederfallen. Mr. Marvel war zu verblüfft, um auszuweichen. Wie ein Blitz war der Stein gekommen, prallte von einer seiner bloßen Zehen ab und flog in den Graben. Mr. Thomas Marvel sprang mit beiden Füßen zugleich in die Höhe und brüllte laut. Dann wollte er davonlaufen, stürzte aber über ein unsichtbares Hindernis und kam unfreiwillig auf dem Boden zu sitzen.

„Nun?" fragte die Stimme, während ein dritter Stein aufwärts stieg und über dem Landstreicher in der Luft hing, „bin ich bloße Einbildung?"

Statt jeder Antwort versuchte Mr. Marvel, sich zu erheben, wurde aber sofort niedergeworfen. Einen Augenblick lag er still.

„Wenn Sie sich noch einmal wehren," drohte die Stimme, „werfe ich Ihnen diesen Stein an den Kopf!"

„Wie soll ich das begreifen?" sprach Mr. Thomas Marvel zu sich. Er setzte sich auf, griff nach der verwundeten Zehe und heftete den Blick auf das dritte Wurfgeschoß. „Ich verstehe es nicht. Steine, die sich selbst werfen, Steine, die sprechen. Schaut, daß Ihr fortkommt. Hol' Euch der Henker! Mit mir ist's aus!"

Der dritte Kiesel fiel herab.

„Es ist ganz einfach," sagte die Stimme. „Ich bin ein unsichtbarer Mensch."

„Was sonst noch?" rief Mr. Marvel, vor Schmerz aufschreiend. „Wo steckst du denn, wie stellst du es denn an? Also, ich gestehe, daß ich nicht begreife. Ich ergebe mich!"

„Das ist alles," erwiderte die Stimme. „Ich bin unsichtbar. Und das sollen Sie endlich begreifen!"

„Das kann jeder sehen. Sie brauchen aber nicht so verdammt ungeduldig zu werden, Herr. Also, erzählen Sie. Wie haben Sie sich versteckt?"

„Ich bin unsichtbar. Das ist die Hauptsache. Und was ich Ihnen beizubringen wünsche, ist –“

„Aber wo sind Sie denn?“ unterbrach Mr. Marvel.

„Hier, sechs Schritte vor Ihnen!“

„Oh, halten Sie mich nicht zum Narren. Ich bin nicht blind. Sie werden mir nächstens erzählen, daß Sie leere Luft sind. Ich bin nicht einer von den unwissenden Landstreichern –“

„Ja, ich bin leere Luft. Sie sehen durch mich hindurch.“

„Was? Haben Sie keinen Körper? Vox et – wie heißt es? – Geschnatter. Ist es so?“

„Ich bin ein menschliches Wesen wie Sie – das Nahrung und Kleidung braucht ... Aber ich bin unsichtbar. Verstehen Sie? Unsichtbar. Der Gedanke ist doch einfach. Unsichtbar.“

„Was? Wirklich und wahrhaftig?“

„Ja, wirklich.“

„Lassen Sie mich eine Ihrer Hände berühren,“ sagte Mr. Marvel, „wenn Sie ein wirklicher Mensch sind. Dann käme es mir doch nicht gar so unglaublich vor –“

„Herr Gott! Wie Sie mich erschreckt haben! so fest anzupacken!“ rief er dann.

Mit den freien Fingern betastete er die Hand, welche sein Gelenk umklammert hatte; dann glitt seine Hand schüchtern den Arm hinauf, berührte eine breite Brust und fuhr über ein bärtiges Gesicht. Sein eigenes Gesicht bot ein Bild der höchsten Verwunderung.

„Das ist großartig!“ sagte er. „Noch interessanter als Hahnenkämpfe. Höchst erstaunlich! Das Kaninchen, das dort eine halbe Meile entfernt läuft, kann ich durch ihren Körper hindurch sehen! Nichts sieht man von Ihnen – außer –“

Er blickte angestrengt in den scheinbar leeren Raum. „Haben Sie vielleicht Brot und Käse gegessen?“ fragte er, den unsichtbaren Arm haltend.

„Sie haben ganz recht. Es hat sich dem Körper noch nicht assimiliert.“

„Oh,“ sagte Mr. Marvel, „eine gruslige Geschichte!“

„Natürlich ist das alles nicht halb so merkwürdig, als Sie glauben.“

„Es ist gerade merkwürdig genug für meine bescheidenen Bedürfnisse,“ meinte Mr. Thomas Marvel. „Wie machen Sie das? Wie zum Teufel stellt man das an?“

„Das ist eine zu lange Geschichte. Und außerdem –“

„Ich sage Ihnen, ich bin wie vor den Kopf geschlagen,“ fuhr Mr. Marvel fort.

„Was ich Ihnen jetzt zu sagen wünsche, ist folgendes: Ich brauche Hilfe. So weit ist es mit mir gekommen. Toll vor Wut, nackt, ohnmächtig, wanderte ich auf der Straße, als ich auf Sie stieß. Ich hätte morden können … Da erblickte ich Sie –“

„Herr Gott!“ stieß Mr. Marvel hervor.

„Ich näherte mich Ihnen von rückwärts – zögerte – ging weiter.“

Mr. Marvels Gesichtsausdruck war geradezu sprechend deutlich.

„Dann blieb ich stehen. Hier, dachte ich, ist einer, den die Welt auch ausgestoßen hat. Das ist mein Mann. So wandte ich mich um und kam auf Sie zu. Auf Sie. Und –“

„Herr Gott!“ sagte Mr. Marvel. „Aber ich bin ganz verwirrt. Darf ich fragen, was Sie meinen und worin ich Ihnen behilflich sein kann? Unsichtbar!“

„Sie sollen mir helfen, mir Kleider, eine Zuflucht und noch anderes zu verschaffen. Ich habe dies alles lang genug entbehrt. Wenn Sie nicht wollen – gut! – Aber Sie müssen wollen!“

„Hören Sie,“ antwortete Mr. Marvel. „Ich bin wie vor den Kopf geschlagen. Stoßen Sie mich jetzt nicht mehr herum. Lassen Sie mich gehen. Ich muß mich ein wenig stärken. Und Sie haben mir beinahe die Zehe zerschlagen. Es ist alles so widersinnig: leeres Land, leere Luft. Auf Meilen im Umkreise nichts sichtbar als der Busen der Natur. Und dann kommt eine Stimme. Eine Stimme aus dem Himmel heraus. Und Steine. Und eine Faust. Herr Gott!“

„Fassen Sie sich,“ erwiderte die Stimme, „denn Sie müssen den Auftrag ausführen, für den ich Sie ausersehen habe.“

Mr. Marvel stieß die Luft durch die Zähne und machte große Augen.

„*Sie* habe ich ausersehen,“ fuhr die Stimme fort. „Bis auf einige Narren dort unten sind Sie der einzige, der weiß, daß es etwas wie einen unsichtbaren Menschen gibt. Sie sollen mein Helfer sein. Helfen Sie mir – und ich will Großes für Sie tun. Ein unsichtbarer Mensch ist eine Macht.“ Er hielt einen Augenblick ein, um heftig zu niesen.

„Aber wenn Sie mich verraten,“ fuhr er fort, „wenn Sie nicht tun, was ich Ihnen auftrage ...“

Er brach ab und klopfte Mr. Marvel fest auf die Schulter. Erschreckt schrie dieser auf. „Ich will Sie nicht verraten,“ sagte er, wobei er sich der Berührung durch die unsichtbaren Finger zu entziehen suchte. „Glauben Sie nur das nicht. Ich wünsche nichts, als Ihnen helfen zu können – sagen Sie mir nur, was ich tun soll. (O Gott!) Was Sie von mir verlangen, ich bin gern bereit, es zu tun!“

10. Kapitel
Mr. Marvels Besuch in Iping

Nachdem sich der erste Schrecken gelegt hatte, begannen die Leute in Iping ihre Meinungen auszutauschen. Der Unglaube erhob plötzlich sein Haupt; zwar nicht sehr sieghaft, aber doch zweifelloser Unglaube. Es ist so leicht, die Existenz eines unsichtbaren Menschen zu leugnen; überdies konnte man diejenigen, welche ihn tatsächlich in Luft aufgehen sehen oder die Kraft seines Armes gefühlt hatten, an den Fingern abzählen. Und augenblicklich fehlte von diesen Zeugen Mr. Wadgers, der sich hinter den Riegeln und Schlössern seines Hauses verschanzt hatte, und Jaffers, welcher besinnungslos im Gastzimmer des „Fuhrmann“ lag. Neue und ungewöhnliche Vorkommnisse, die über den Kreis menschlicher Erfahrung hinausgehen, machen oft weniger Eindruck auf das Volk als geringfügige, aber mehr greifbare Ereignisse. Iping war mit Flaggen geschmückt und alle Welt trug Feiertagsstaat. Seit mehr als einem Monat hatte man sich auf den Pfingstmontag gefreut. Am Nachmittag begannen selbst jene, die an den Unsichtbaren glaubten, in der willkürlichen Annahme, daß er den Ort gänzlich verlassen habe, ihren Vergnügungen, wenn auch etwas zerstreut, nachzugehen, und die Skeptiker machten schon Witze über ihn. Aber Skeptiker sowohl als Überzeugte waren den ganzen Tag über in einer bemerkenswert geselligen Stimmung.

Mitten auf Haysmans Wiese stand ein luftiges Zelt, wo Mrs. Bunting und andere Damen Tee bereiteten, während draußen die Kinder aus der Sonntagsschule ein Wettlaufen veranstalteten und unter der lärmenden Führung des Pfarrers und der Misses Cuß und Sackbutt fröhliche Spiele betrieben. Es lag allerdings eine gewisse Unbehaglichkeit in der Luft, aber die meisten Leute waren vernünftig genug, ihre Unruhe, für die sie einen bestimmten Grund nicht hätten angeben können, zu verbergen. Auf der Dorfwiese fand neben der Schaukel und der Kokosnußbude ein schiefgespanntes Seil außerordentlichen Zuspruch seitens der Jugend. Mittels des letzteren wurde man, während man sich an einer schwebenden Handhabe festhielt, pfeilschnell gegen einen am andern Ende befestigten Sack geworfen. Man ging auch viel spazieren, und die Dampforgel eines kleinen Ringelspiels erfüllte die Luft mit durchdringendem Ölgeruch und ebenso durchdringender Musik. Mitglieder des Vereins, die morgens zur Kirche gegangen waren, trugen stolz ihre rot-grünen Abzeichen zur Schau, und die Lustigsten unter ihnen hatten sogar ihre Hüte mit schmalen, hellfarbigen Bändern geziert. Den alten Fletcher, der über Feiertage ganz besondere Ansichten hatte, konnte man durch das jasminumrankte Fenster oder durch die offene Tür hindurch (beides war gleich gut möglich) erblicken, wie er auf einem Brett stand, welches er über zwei Stühle gelegt hatte, und die Decke seines nach der Straße gelegenen Zimmers übertünchte.

Gegen 4 Uhr betrat ein Fremder, der von der Düne herkam, das Dorf. Es war ein kleiner, dicker Mann mit einem auffallend schäbigen Zylinder und er schien sehr außer Atem zu sein. Seine Wangen hingen abwechselnd bald schlaff herunter, bald wurden sie links aufgeblasen. Sein fleckiges Gesicht trug einen Ausdruck von Angst. Er bewegte sich mit einer Art gezwungener Lebhaftigkeit. Bei der Kirche änderte er die Richtung und ging auf den „Fuhrmann" zu. Unter anderen erinnert sich auch der alte Fletcher, ihn gesehen zu haben; und tatsächlich war der alte Herr bei dem Anblick des eigentümlich erregten Fremden so betroffen, daß er einen Teil der Tünche unachtsam aus dem Pinsel in seinen Rockärmel fließen ließ.

Nach Angabe eines der Schaubudenbesitzer schien der Fremde mit sich selbst zu sprechen; auch Mr. Huxter machte dieselbe Beobachtung. Er blieb am Fuße der Stufen, die zum „Fuhrmann" führen, stehen, und schien, wie Mr. Huxter behauptet, vor dem Betreten des Gasthofes einen schweren inneren Kampf zu kämpfen. Endlich stieg er die Stufen hinauf, wendete sich nach links und öffnete die Tür zum Gastzimmer. Mr. Huxter hörte Stimmen aus diesem Raum und aus der Schankstube, die den Mann über seinen Irrtum belehrten.

„Das ist ein Privatzimmer!" sagte Hall, worauf der Fremde verdrossen die Tür schloß und in die Schankstube ging.

Nach Verlauf von wenigen Minuten erschien er wieder, sich mit dem Handrücken über den Mund fahrend und mit einer Miene ruhiger Zufriedenheit, die Mr. Huxter, er wußte nicht warum, unnatürlich vorkam. Er blickte sich rasch nach allen Seiten um, und dann sah ihn Mr. Huxter in sonderbar geheimnisvoller Weise nach dem Tor des Hofes schleichen, auf den das Fenster des Gastzimmers hinausging. Nach kurzem Zögern lehnte sich der Fremde an einen Torpfosten, zog eine kurze Tonpfeife heraus und begann sie zu stopfen. Die Finger zitterten ihm dabei. Er zündete die Pfeife ungeschickt an und begann träge mit verschränkten Armen zu rauchen – eine Haltung, die seine gelegentlichen, schnellen Blicke auf den Hof allerdings Lügen straften.

All dies sah Mr. Huxter durch das Auslagefenster; das sonderbare Benehmen des Mannes veranlaßte ihn auch, seine Beobachtungen fortzusetzen.

Plötzlich richtete sich der Fremde auf und steckte die Pfeife in die Tasche. Dann verschwand er im Hofe. Auf das hin sprang Mr. Huxter, dem es mit einem Male klar wurde, daß er Zeuge eines Diebstahls sei, über den Ladentisch und rannte auf die Straße, um dem Dieb den Weg abzuschneiden. Kaum war er dort angelangt, als sich Mr. Marvel wieder zeigte, den Hut auf der Seite, ein großes Bündel in einem blauen Tischtuche in der einen und drei, wie sich später herausstellte, mit den Hosenträgern des Pfarrers zusammengebundene Bücher in der andern Hand. Sobald er Mr. Huxter sah, stieß er einen Schrei aus, wendete sich nach links und begann zu laufen. „Haltet den Dieb!“ schrie Mr. Huxter und eilte ihm nach.

Mr. Huxters Beobachtungen waren deutlich, aber von kurzer Dauer. Er sah den Mann gerade vor sich um die Ecke bei der Kirche biegen und gegen die Straße nach der Düne zu rennen. Er sah die Fahnen und Lustbarkeiten des Dorfes, und nur ein oder zwei Leute wendeten sich nach ihm um. Nochmals brüllte er: „Haltet den Dieb!“ und setzte kühn die Verfolgung fort. Kaum war er aber zehn Schritt weitergekommen, als sein Schienbein an irgend etwas Geheimnisvolles anstieß und er nicht länger lief, sondern mit unglaublicher Schnelligkeit durch die Luft flog. Er sah noch, wie sich sein Kopf unheimlich rasch der Erde näherte. Dann schien die Welt in eine Million wirbelnder Lichtflecke zu zerstieben, und „die folgenden Ereignisse interessierten ihn nicht mehr“.

11. Kapitel
Im „Fuhrmann“

Um genau zu verstehen, was im Gasthof vorgegangen war, muß man auf den Augenblick zurückgreifen, wo Mr. Marvel zuerst von Mr. Huxters Fenster aus gesehen wurde.

Zur selben Zeit waren Mr. Cuß und Mr. Bunting im Gastzimmer. Sie besprachen ernsthaft die seltsamen Ereignisse des Morgens und untersuchten mit Mr. Halls Erlaubnis die Habseligkeiten des Unsichtbaren aufs gründlichste. Jaffers hatte sich von seinem Sturz teilweise erholt und war unter der Obhut teilnehmender Freunde nach Hause geschafft worden. Mrs. Hall hatte die verstreuten Kleidungsstücke des Fremden weggeräumt und die Stube in Ordnung gebracht. Und bei dem Tische am Fenster, wo der Fremde gewöhnlich gearbeitet hatte, war Mr. Cuß sofort auf drei dicke, handgeschriebene Bücher mit der Aufschrift „Tagebuch“ gestoßen.

„Tagebuch!“ sagte Mr. Cuß, die drei Bücher auf den Tisch legend. „Nun, etwas werden wir jedenfalls daraus erfahren.“ Der Pfarrer hatte die Hände auf den Tisch gestützt.

„Tagebuch,“ wiederholte Mr. Cuß und setzte sich nieder. Hierauf legte er zwei Bücher übereinander, um das dritte darauf zu stützen und öffnete dieses. “Hm! – Kein Name auf dem ersten Blatt. Teufel! Nichts als Chiffren und Zahlen.“

Der Pfarrer trat zu ihm und blickte über seine Schultern ins Buch.

Sehr enttäuscht wendete Mr. Cuß die Seiten um. „Da soll gleich ...! Es ist alles in Geheimschrift abgefaßt, Bunting.“

„Keine Figuren?“ fragte Mr. Bunting. „Keine Zeichnung, die irgendein Licht –“

„Sehen Sie selbst,“ erwiderte Mr. Cuß. „Mathematische Formeln, dann, nach den Buchstaben zu schließen, Russisch oder eine ähnliche andere Sprache und da wieder Griechisch. Nun das Griechische könnten Sie –“

„Natürlich," entgegnete Mr. Bunting, nahm seine Brille heraus, reinigte sie sorgfältig und fühlte sich plötzlich sehr unbehaglich – denn, was er von dieser Sprache verstand, war wirklich nicht der Rede wert. „Ja, das Griechische kann uns natürlich einen Schlüssel geben."

„Ich will Ihnen eine Stelle suchen."

„Ich möchte doch lieber die einzelnen Bände erst durchsehen," meinte Mr. Bunting, noch immer seine Augengläser reibend. „Erst müssen wir einen allgemeinen Eindruck gewinnen, wissen Sie, und dann können wir ja einen Schlüssel suchen."

Er hustete, setzte die Brille auf, rückte sie umständlich zurecht, hustete wieder und wünschte im stillen, daß sich etwas ereignen möchte, um die unvermeidlich scheinende Blamage von ihm abzuwenden. Dann nahm er nachlässig den Band auf, den ihm Mr. Cuß voll Ungeduld hinreichte. Und dann ereignete sich wirklich etwas.

Die Tür öffnete sich plötzlich.

Beide Männer fuhren empor, schauten sich um und waren sichtlich erleichtert, als sie ein rotfleckiges Gesicht unter einem schäbigen Zylinder gewahrten. „Schankzimmer?" fragte das Gesicht, sie anglotzend.

„Nein," sagten die beiden Herren zugleich.

„Drüben auf der andern Seite, mein Lieber," fuhr Mr. Bunting fort. „Und schließen Sie gefälligst die Tür," setzte Mr. Cuß gereizt hinzu.

„Schon recht," sagte der Eindringling mit tiefer Stimme, die von der Heiserkeit der ersten Frage seltsam abstach. „Schon gut," wiederholte er dann mit der früheren Stimme. „Aus dem Weg!" und er verschwand und schloß die Tür hinter sich.

„Wahrscheinlich ein Matrose," sagte Mr. Bunting. „Das sind komische Burschen. „Aus dem Weg!" sagte er. Vermutlich ein seemännischer Ausdruck, der sich auf sein Fortgehen bezog."

„Wohl möglich," erwiderte Mr. Cuß. „Meine Nerven sind heute in einem schrecklichen Zustand. Ich fuhr förmlich zusammen, als sich die Tür so öffnete."

Mr. Bunting lächelte, als ob er selbst nicht auch zusammengefahren wäre. „Und jetzt," sagte er mit einem Seufzer, „zu den Büchern!"

„Einen Augenblick," sagte Mr. Cuß, ging auf die Tür zu und drehte den Schlüssel um. „Jetzt sind wir wohl vor jeder Störung sicher."

Jemand nieste, als er diese Worte sprach.

„Eines ist unbestreitbar," sagte Mr. Bunting, seinen Stuhl neben denjenigen Mr. Cuß' ziehend. „Es haben sich in den letzten Tagen in Iping äußerst merkwürdige Dinge ereignet. Ich kann natürlich an diese lächerliche Geschichte von einem unsichtbaren Menschen nicht glauben –"

„Sie ist unglaublich," meinte Mr. Cuß, „unglaublich. Aber Tatsache ist, daß ich in seinen Ärmel hineinsah. Ganz tief hinein –"

„Aber sind Sie Ihrer Sache auch ganz sicher? ... Nehmen wir zum Beispiel einen Spiegel an .... Sinnestäuschungen lassen sich so leicht hervorbringen. Ich weiß nicht, ob Sie jemals einen wirklich guten Taschenspieler gesehen haben –"

„Ich will nicht widerstreiten," sagte Mr. Cuß. „Über diesen Punkt haben wir mehr als genug disputiert, dächte ich. Aber hier haben wir jetzt die Bücher ... Ah! dies zum Beispiel halte ich für Griechisch! Wenigstens sind es griechische Buchstaben."

Er deutete auf die Mitte der Seite. Mr. Bunting errötete leicht, beugte sich nieder und machte sich scheinbar an seiner Brille zu schaffen. Mit dem Griechisch des kleinen Mannes war es nicht weit her, und doch war er fest überzeugt, daß jedes Mitglied der Gemeinde an seine Kenntnis griechischer und hebräischer Urtexte glaubte. Und jetzt – sollte er beichten? Sollte er flunkern? Plötzlich fühlte er etwas Fremdes an seinem Halse. Er suchte den Kopf zu bewegen und traf ein starres Hindernis.

Er empfand einen eigentümlichen Schmerz – den Griff einer schweren, muskulösen Hand, welche sein Kinn mit unwiderstehlicher Gewalt auf den Tisch niederdrückte. „Rührt euch nicht, ihr kleinen Kerle," flüsterte eine Stimme, „sonst schlage ich euch beiden die Schädel ein!"

Er blickte Mr. Cuß an, dessen Gesicht sich dicht neben dem seinigen befand, und sah in dessen Mienen den Widerschein seiner eigenen angstvollen Bestürzung.

„Es tut mir leid, daß ich so grob mit Ihnen umspringen muß," sagte die Stimme. „Aber es geht nicht anders."

„Seit wann ist es erlaubt, in den privaten Aufzeichnungen eines Forschers herumzustöbern?" fuhr die Stimme fort und zwei Köpfe berührten gleichzeitig die Tischplatte und vier Reihen Zähne schlugen laut aneinander.

„Seit wann dringt man in die Privatzimmer eines unglücklichen Menschen ein?" Und der Stoß wiederholte sich.

„Wo hat man meine Kleider hingetan?"

„Hören Sie," fuhr die Stimme weiter fort, „die Fenster sind geschlossen und den Schlüssel habe ich von der Tür abgezogen. Ich bin ein ziemlich starker Mensch und habe die Feuerzange bei der Hand – überdies bin ich unsichtbar. Es ist zweifellos, daß ich Sie beide erschlagen und selbst ganz leicht entwischen könnte, wenn das meine Absicht wäre – begreifen Sie das? Gut! Wenn ich Sie verschone, wollen Sie mir versprechen, keine Dummheiten zu machen und zu tun, was ich verlange?"

Der Pfarrer und der Doktor sahen einander an, und der letztere verzog das Gesicht. „Ja," sagte Mr. Bunting, und der Doktor wiederholte: „ja". Dann ließ der Druck auf ihren Nacken nach, der Doktor und der Pfarrer richteten sich mit hochroten Gesichtern auf und schüttelten die Köpfe.

„Bitte, bleiben Sie sitzen," sagte der Unsichtbare. „Sehen Sie, hier ist die Feuerzange."

„Als ich in dieses Zimmer kam," fuhr er fort, nachdem er seinen beiden Gästen die Feuerzange unter die Nase gehalten hatte, „war ich nicht darauf gefaßt, jemanden darin zu finden. Hingegen erwartete ich, außer meinen Aufzeichnungen auch meine Kleider zu sehen. Wo sind sie? Nein – stehen Sie nicht auf. Ich sehe, daß sie fort sind. Nun sind die Tage zwar warm genug, daß ein unsichtbarer Mensch nackt herumgehen kann, die Nächte jedoch sind ziemlich kühl. Ich brauche Kleider – und andere notwendige Dinge. Auch diese drei Bücher muß ich wieder haben."

12. Kapitel
Der Unsichtbare verliert die Geduld

Um eines sehr peinlichen Grundes willen, der sehr bald erklärt werden soll, muß die Erzählung bei diesem Punkt abbrechen. Während sich all das im Gastzimmer begab und Mr. Huxter beobachtete, wie Mr. Marvel ans Tor gelehnt seine Pfeife schmauchte, besprachen ein Dutzend Schritte entfernt Hall und Teddy Henfrey in verworren bestürzter Weise das große Ereignis von Iping.

Plötzlich kam ein heftiger Schlag gegen die Gastzimmertür, ein gellender Schrei, und dann – tiefe Stille.

„Hallo!" rief Teddy Henfrey.

„Hallo!" tönte es zurück.

Es dauerte stets lange, bevor Hall etwas begriff, dann aber war er stets seiner Sache gewiß. „Da ist was nicht in Ordnung," sagte er, kam hinter dem Schanktisch hervor und näherte sich der Gastzimmertür.

Gespannt horchend taten er und Teddy einige Schritte vorwärts. Sie ließen die Augen herumschweifen. „Da ist was nicht in Ordnung," wiederholte Hall, und Henfrey nickte beistimmend. Sie spürten einen unangenehmen Chemikaliengeruch in der Luft und vernahmen das Gemurmel eines eilig und mit unterdrückter Stimme geführten Gesprächs.

„Fehlt Ihnen etwas?" fragte Hall, an die Tür klopfend.

Das Geräusch verstummte plötzlich, einen Augenblick blieb alles still, dann wurde das Gespräch im Flüsterton wieder aufgenommen; dann hörte man den Ausruf: „Nein, nein, nur das nicht!“ Eine plötzliche Bewegung folgte, das Umstürzen eines Stuhles und ein kurzer Kampf. Dann wieder tiefe Stille.

„Was zum Henker!“ sagte Henfrey halblaut.

„Fehlt – Ihnen – etwas?“ fragte Hall mit lauter Stimme.

„Ga–ar nichts. Bitte – stö–ren Sie uns nicht!“ kamen die Worte des Pfarrers merkwürdig stoßweise zurück.

„Komisch!“ sagte Mr. Henfrey.

„Komisch!“ wiederholte Mr. Hall.

„„Stören Sie uns nicht“ rief er doch,“ sagte Henfrey.

„Ja, das hörte ich auch,“ versetzte Hall.

Sie lauschten weiter. Das Gespräch wurde schnell und halblaut fortgeführt. „Ich kann nicht!“ rief Mr. Bunting mit erhobener Stimme. „Ich sage Ihnen, Herr, ich will nicht!“

„Was war das?“ frug Henfrey.

„Er will nicht, sagte er,“ versetzte Hall. „Er hat doch nicht zu uns gesprochen, was?“

„Schändlich!“ sagte Mr. Bunting drinnen.

„Schändlich!“ sagte Mr. Henfrey. „Ich hörte es ganz deutlich.“

„Wer spricht jetzt?“ fragte der andere.

„Mr. Cuß, glaube ich,“ erwiderte Hall. „Hörst du etwas?“

Die beiden schwiegen. Von drinnen ertönten unbestimmte und verworrene Töne.

„Das klingt, wie wenn man das Tischtuch herumwerfen würde,“ sagte Hall.

Mrs. Hall erschien hinter dem Schanktisch. Mr. Hall forderte sie durch Gesten zum Schweigen und Näherkommen auf. Hierdurch wurde Mrs. Halls Widerspruchsgeist erregt.

„Warum horchst du da, Hall?" fragte sie. „Hast du an einem so geschäftigen Tage, wie dem heutigen, nichts Besseres zu tun?"

Mr. Hall versuchte durch Grimassen und verschiedene Zeichen alles zu erklären, aber Mrs. Hall bestand auf ihrem Willen. Sie erhob ihre Stimme noch lauter. So schlichen Hall und Henfrey ziemlich beschämt auf den Fußspitzen zum Schanktisch zurück, um die Sache klarzulegen.

Anfangs wollte sie in dem, was die beiden gehört hatten, nichts Auffallendes finden. Dann bestand sie darauf, daß Hall schweigen solle, während Henfrey ihr die Geschichte erzählte. Sie war geneigt, das Ganze für Unsinn zu halten – vielleicht hätten sie bloß mit dem Tisch und den Sesseln gerückt.

„Ich hörte ihn ganz bestimmt „schändlich" sagen," versicherte Hall.

„Das habe ich auch gehört, Mrs. Hall," bestätigte Henfrey.

„Was ist Besonderes dabei?" begann Mrs. Hall.

„Pst!" sagte Mr. Teddy Henfrey. „Hörte ich nicht das Fenster gehen?"

„Welches Fenster?" fragte Mrs. Hall.

„Das im Gastzimmer," erwiderte Henfrey.

Alle lauschten gespannt. Mrs. Halls Blick war geradeaus gerichtet, und ohne etwas zu sehen, blickte sie auf die glänzenden Holzstreifen der Toreinfassung, die weiße, belebte Straße und auf Huxters Auslagefenster, in dem sich die Junisonne spiegelte. Plötzlich öffnete sich die Tür von Huxters Laden, und Huxter selbst erschien, lebhaft gestikulierend, mit erregt funkelnden Augen.

„Hallo!" schrie er. „Haltet den Dieb!" Er lief quer über die Straße auf das Hoftor zu, hinter dem er verschwand.

Zugleich ertönte im Wohnzimmer ein Geräusch, als ob ein Fenster geschlossen würde.

Hall, Henfrey und alle übrigen in der Schankstube stürzten in buntem Durcheinander auf die Straße. Sie sahen jemand schnell um die Ecke nach der Düne zu abbiegen und Mr. Huxter einen komplizierten Luftsprung ausführen, welcher damit endete, daß seine Schultern und sein Gesicht den Erdboden berührten. Verwundert blieben die Leute auf der Straße stehen, dann eilten sie vor.

Mr. Huxter hatte die Besinnung verloren, Henfrey blieb stehen, um die Tatsache festzustellen, während Hall und zwei Arbeiter aus der Schankstube gleichzeitig vorwärts stürzten, wobei sie unverständliche Rufe ausstießen. Sie sahen Mr. Marvel bei der Kirche um die Ecke verschwinden. Hierauf schienen sie zu der unmöglichen Schlußfolgerung gelangt zu sein, daß der Unsichtbare plötzlich sichtbar geworden sei, und begannen ihn sofort zu verfolgen. Aber Hall war kaum ein Dutzend Schritt weit gekommen, als er einen lauten Ruf des Erstaunens ausstieß und kopfüber zur Seite flog, wobei er sich an einen der Arbeiter klammerte und diesen mit sich zu Boden riß. Der zweite Arbeiter kam auf einem Umwege näher, blickte die beiden verwundert an und setzte, als er bemerkte, daß Hall ohne äußere Ursache niedergestürzt sei, seinen Weg fort, um sofort einen Fußtritt zu erhalten, der ihn, wie vorher Huxter, zu einer weiteren Verfolgung unfähig machte. Als dann der erste Arbeiter einen Versuch machte, sich auf die Füße zu stellen, wurde er durch einen Schlag, der kräftig genug gewesen wäre, einen Ochsen zu fällen, beiseite geschleudert.

Im selben Augenblick bogen die Leute, die von der Dorfwiese herbeigeeilt waren, um die Ecke. Als erster erschien der Eigentümer der Kokosnußbude, ein kräftiger Mann in einer blauen Jerseyjacke. Er war nicht wenig verwundert, die Straße bis auf drei Menschen, die sich mit seltsamen Bewegungen am Boden wälzten, leer zu finden. Und dann geschah etwas mit einem seiner Beine, er stürzte nieder und kugelte gerade zur rechten Zeit auf die Seite, um sich in den Beinen seines Bruders und Geschäftsteilhabers zu verfangen, der ihm kopfüber folgte. Und dann kam eine ganze Menge übereifriger Menschen heran, die auf sie trat, über sie fiel und heftig fluchte.

Als Hall mit Henfrey und den beiden Arbeitern aus dem Hause geeilt war, war Mrs. Hall, die durch langjährige Erfahrung Selbstbeherrschung gelernt hatte, in der Schankstube bei der Geldlade zurückgeblieben. Plötzlich öffnete sich die Wohnzimmertür und Mr. Cuß erschien. Er lief, ohne sie anzublicken, die Stufen hinunter, der Straßenbiegung zu. „Haltet ihn!" schrie er; „gebt acht, daß er das Bündel nicht wegwirft! So lange er das Bündel trägt, kann man ihn sehen!"

Er wußte nichts von der Existenz Marvels, denn der Unsichtbare hatte diesem die Bücher und das Bündel im Hof übergeben. Das Antlitz Mr. Cuß' war zornig und entschlossen, aber sein Anzug war sehr mangelhaft – eine Art losen, weißen Kittels, der nur im alten Griechenland einer Musterung standgehalten hätte. „Haltet ihn!" brüllte er. „Er hat meine Hosen! – und die Kleider des Pfarrers, Stück für Stück!"

„Gleich will ich ihm nach!" rief er Henfrey zu, als er an dem am Boden liegenden Huxter vorbeikam; aber als er um die Ecke bog, um sich der Menge anzuschließen, sah man ihn plötzlich in sehr unästhetischer Weise auf der Erde liegen. Jemand kam in voller Hast vorbei und trat ihm schwer auf die Finger. Er schrie auf und versuchte auf die Füße zu kommen. Da wurde er nochmals gestoßen und niedergeworfen und bemerkte endlich, daß die Verfolgung des Unsichtbaren sich in eine Flucht verwandelt hatte. Alles eilte nach dem Dorfe zurück. Während er sich abermals erhob, bekam er eine schallende Ohrfeige, die ihn zum Wanken brachte. Dann trat er den Rückweg nach dem „Fuhrmann" an und sprang dabei über den von aller Welt verlassenen Huxter, der sich jetzt aufgesetzt hatte, hinweg.

Als er die Stufen zum Gasthof halb erstiegen hatte, vernahm er hinter sich einen plötzlichen Wutschrei, der sich von dem Stimmengewirr deutlich unterschied, und einen weithin tönenden Schlag in jemandes Gesicht. Er erkannte die Stimme als diejenige des Unsichtbaren, und sie klang wie die eines Menschen, der durch einen heftigen Schmerz in Wut versetzt wird.

Im nächsten Augenblick war Cuß wieder im Gastzimmer.

„Er kommt zurück, Bunting!" rief er, hineinstürzend. „Retten Sie sich!"

Mr. Bunting stand am Fenster und war eifrig damit beschäftigt, sich so gut als möglich in einen Teppich und die „West-Surrey-Zeitung“ einzuhüllen.

„Wer kommt zurück?“ rief er, erschreckt auffahrend, so daß sein improvisierter Anzug nahe daran war, ihm zu entgleiten.

„Der Unsichtbare!“ erwiderte Cuß und eilte ans Fenster. „Wir sollten lieber von hier fort! Er kämpft wie wahnsinnig! Wie wahnsinnig!“

Im nächsten Augenblick war er bereits im Hof.

„Gütiger Himmel!“ sagte Mr. Bunting, zwischen zwei entsetzlichen Alternativen schwankend. Er hörte einen furchtbaren Kampf im Vorhause und sein Entschluß war gefaßt. Er kletterte aus dem Fenster, brachte seine Kleidung so gut wie möglich in Ordnung und floh, so schnell ihn seine kurzen, dicken Beine tragen wollten.

*

Von dem Augenblick an, da der Unsichtbare vor Wut geschrien, und Mr. Bunting seine denkwürdige Flucht durch das Dorf bewerkstelligt hatte, wird es unmöglich, eine zusammenhängende Darstellung der Ereignisse in Iping zu geben. Möglicherweise ging des Unsichtbaren Absicht ursprünglich dahin, Marvels Rückzug mit den Büchern und Kleidern zu decken. Aber seine gute Laune, mit der es niemals weit her war, scheint ihn bei einem Schlage, der ihn zufällig traf, ganz verlassen zu haben, und er begann darauf los zu schlagen und zu stoßen, um des reinen Vergnügens an der Sache willen.

Man denke sich die Straße voll eilender Menschen, zuschmetternder Haustore und dichter Gruppen, die um ein sicheres Versteck kämpften. Man stelle sich vor, wie der Haufen sich auf das aus einem Brette und zwei Stühlen hergestellte Gerüst des alten Fletcher zuwälzte und die Katastrophe, die darauf folgte. Und dann ist der Tumult vorüber. Die Straße mit ihren lustig flatternden Fahnen ist öde und verlassen, bis auf den wild wütenden Unsichtbaren, und bedeckt mit herumkollernden Kokosnüssen, umgestürzten Zelten und den in alle Winde zerstreuten

Waren eines Verkäufers von Süßigkeiten. Überall werden Läden geschlossen und Riegel vorgeschoben. Die ganze Ortsbevölkerung ist verschwunden, nirgends sind Menschen zu sehen; nur hie und da kann man hinter den Fenstervorhängen ein ängstlich herausspähendes Auge erblicken.

Der Unsichtbare unterhielt sich noch kurze Zeit damit, alle Fenster im „Fuhrmann" einzuschlagen; dann warf er eine Straßenlaterne in Mrs. Grograms Wohnzimmer. Er muß es gewesen sein, der den Telegraphendraht nach Adderdean unmittelbar hinter Higgins Haus durchschnitt. Und dann verschwand er, dank seiner besonderen Gabe, ganz und gar aus dem Gesichtskreis der Menschen und wurde in Iping weiterhin weder gesehen noch gehört noch gefühlt. Er verschwand vollkommen.

Aber zwei gute Stunden dauerte es, bevor sich ein menschliches Wesen in Iping wieder auf die verödete Straße hinauswagte.

13. Kapitel
Mr. Marvel will abdanken

Bei Einbruch der Dunkelheit, als Iping eben begann, einen schüchternen Blick auf die Trümmer der festlichen Veranstaltungen zu werfen, schritt ein kleiner, dicker Mann in einem schäbigen Zylinder mühsam den Birkenwald an der Straße nach Bramblehurst entlang. Er trug drei Bücher, die durch ein eigentümliches elastisches Band zusammengehalten wurden, und ein in ein blaues Tischtuch eingewickeltes Bündel. Sein rotes Gesicht zeigte deutliche Spuren von Müdigkeit und Angst, und von Zeit zu Zeit schien er einen komischen Anlauf zu einer beschleunigteren Gangart zu nehmen. Eine Stimme, die nicht seine eigene war, folgte ihm, und wieder und wieder stöhnte er unter dem Druck einer unsichtbaren Hand.

„Wenn Sie mir noch einmal entwischen," sagte die Stimme; „wenn Sie noch einmal den Versuch dazu machen – –"

„Herr Gott!“ stöhnte Mr. Marvel. „Meine Schulter ist schon ganz zerquetscht.“

„Dann töte ich Sie, auf Ehre!“ fuhr die Stimme fort.

„Ich wollte Ihnen gar nicht entwischen,“ sagte Marvel schluchzend. „Ich schwöre, daß ich nicht die Absicht hatte. Ich kannte nur die Richtung nicht. Wie, zum Teufel, konnte ich die Richtung kennen? Ich bin ja so herumgestoßen worden – –“

„Sie werden noch viel mehr herumgestoßen werden, wenn Sie sich nicht zusammennehmen,“ erwiderte die Stimme, und Mr. Marvel wurde plötzlich ganz still. Er stieß die Luft durch die Zähne und in seinen Augen malte sich die Verzweiflung.

„Es ist schon schlimm genug, daß diese einfältigen Pinsel dort unten mein Geheimnis kennen, auch ohne daß Sie mit meinen Büchern sich davonmachen. Für manche von ihnen ist es ein Glück, daß sie umkehrten und nach Hause rannten! Da bin ich nun ... Niemand hat vorher gewußt, daß ich unsichtbar bin! Und was soll ich jetzt anfangen?“

„Was soll ich anfangen?“ fragte Marvel beiseite.

„Alles ist verraten. Es wird in die Zeitungen kommen. Jeder wird nach mir suchen. Jeder wird auf seiner Hut sein – – –“

Die Stimme brach in wilde Verwünschungen aus und verstummte. In Mr. Marvels Gesicht trat immer deutlicher dumpfe Verzweiflung hervor, und sein Schritt verlangsamte sich.

„Vorwärts,“ rief die Stimme.

Das Gesicht Mr. Marvels wurde aschgrau zwischen den roten Flecken.

„Lassen Sie die Bücher nicht fallen, Sie Dummkopf,“ sagte die Stimme in scharfem Tone.

„Tatsache ist,“ fuhr die Stimme fort, „daß ich Sie verwenden muß ... Sie sind ein armseliges Werkzeug, aber es geht nicht anders.“

„Ein elendes Werkzeug,“ beteuerte Marvel.

„So ist es,“ meinte die Stimme.

„Ich bin das schlechteste Werkzeug, das Sie wählen konnten,“ setzte Marvel hinzu.

„Ich bin nicht kräftig,“ fuhr er nach einem entmutigenden Stillschweigen fort.

„Ich bin nicht übermäßig kräftig,“ wiederholte er.

„Nein?“

„Und mein Herz ist angegriffen. Dieser kleine Auftrag – ich habe ihn natürlich ausgeführt. Aber, bei Gott! Mir war zum Umfallen!“

„Nun?“

„Ich habe weder Kraft noch Mut genug für die Dinge, welche Sie verlangen – – –“

„Ich werde Sie anfeuern.“

„Ich wünschte, Sie täten es nicht. Es wäre mir nicht lieb, Ihre Pläne zunichte zu machen, wissen Sie. Aber es wäre möglich, daß ich aus purer Angst und Jämmerlichkeit – –“

„Ich würde es Ihnen nicht raten,“ sagte die Stimme ruhig, aber nachdrücklich.

„Ich wollte, ich wäre tot,“ sagte Marvel.

„Wo bleibt die Gerechtigkeit?“ fuhr er fort. „Sie müssen zugeben ... Ich glaube, ich habe ein Recht – –“

„Vorwärts,“ sagte die Stimme.

Mr. Marvel beschleunigte den Schritt und eine Zeitlang gingen sie schweigend nebeneinander.

„Es ist verteufelt schwer,“ sagte Mr. Marvel.

Das hatte keine Wirkung. Er versuchte einen anderen Angriff.

„Was habe ich davon,“ begann er in dem Tone eines schwer gekränkten Mannes.

„Oh, seien Sie still!“ sagte die Stimme mit erstaunlicher Energie. „Ich werde schon für Sie sorgen. Sie werden tun, was ich Ihnen befehle. Sie können es ganz gut ausführen. Daß Sie ein Dummkopf sind, ist ja klar, aber Sie werden – –“

„Ich sage Ihnen, Herr, ich passe nicht dazu. Bei aller schuldigen Hochachtung – aber es ist so – –“

„Wenn Sie nicht ruhig sind, werden Sie Ihre Knochen spüren,“ sagte der Unsichtbare. „Ich will ungestört nachdenken.“

Kurze Zeit darauf sah man zwei gelbe Lichter durch die Bäume schimmern und ein viereckiger Kirchturm stieg im Dunkel vor ihnen auf. „Ich werde meine Hand auf Ihrer Schulter liegen lassen, bis wir das Dorf hinter uns haben,“ sagte die Stimme. „Gehen Sie geradeaus durch und machen Sie keine Dummheiten, es könnte Ihnen schlecht bekommen.“

„Ich weiß es,“ seufzte Mr. Marvel, „ich weiß es.“

Und die unglückliche Gestalt in dem schäbigen Zylinderhut ging schweigend mit ihrer Last durch das Dorf und verschwand im Dunkel.

14. Kapitel
In Port Stowe

Die zehnte Stunde des nächsten Morgens fand Mr. Marvel unrasiert, schmutzig und von der Reise vollkommen erschöpft auf der Bank vor einem kleinen Wirtshaus in einer Vorstadt von Port Stowe sitzen. Er hatte die Hände in den Taschen und sah recht nervös und unbehaglich drein. Neben ihm lagen die Bücher, jetzt aber mit Schnüren ordentlich zusammengebunden. Das Bündel war infolge einer Änderung in den Plänen des Unsichtbaren in den Fichtenwäldern bei Bramblehurst zurückgelassen worden und Mr. Marvel saß auf der Bank und befand sich, obwohl niemand auch nur die leiseste Notiz von ihm nahm, in fieberhafter Aufregung. Wieder und wieder steckte er die Hände mit seltsam verwirrten Bewegungen in die verschiedenen Taschen seines Anzuges.

Er war beinahe eine Stunde so dort gesessen, als ein ältlicher Matrose mit einer Zeitung in der Hand aus dem Wirtshaus kam und sich neben ihm niederließ.

„Ein schöner Tag," bemerkte der Matrose.

Mr. Marvel sah sich ängstlich um. „Sehr," sagte er.

„Gerade das richtige Wetter für diese Jahreszeit," fuhr der Matrose mit großer Bestimmtheit fort.

„Gewiß," entgegnete Mr. Marvel.

Der Matrose zog einen Zahnstocher hervor und beschäftigte sich (mit Erlaubnis) einige Minuten mit demselben. Inzwischen hatten seine Augen volle Freiheit, Mr. Marvels staubbedecktes Gesicht und die Bücher neben ihm zu betrachten. Als er sich ihm genähert hatte, hatte er einen Ton gehört, wie wenn Geldstücke in einer Tasche klimpern. Der Gegensatz zwischen der äußeren Erscheinung Marvels und diesem Zeichen von Wohlhabenheit fiel ihm auf. Dann wanderten seine Gedanken wieder zu einem Gegenstande zurück, der seinen Geist in hohem Grade beschäftigte.

„Bücher?" sagte er endlich, den Zahnstocher geräuschvoll aus dem Munde nehmend.

Mr. Marvel blickte erschrocken auf die Bücher. „O, ja," sagte er. „Das sind Bücher."

„Es stehen manchmal merkwürdige Dinge in den Büchern," sagte der Matrose.

„Da haben Sie recht," erwiderte Mr. Marvel.

„Und es gibt auch sonst merkwürdige Dinge," meinte der Matrose.

„Auch das ist richtig," entgegnete Mr. Marvel. Er blickte den Sprecher an und schaute sich dann um.

„Es stehen merkwürdige Dinge zum Beispiel in den Zeitungen," fuhr ersterer fort.

„So ist es."

„In *dieser* Zeitung," sagte der Matrose.

„Ah!" sagte Mr. Marvel.

„Da steht eine Geschichte," fuhr der Matrose fort, Marvel mit nachdenklicher Aufmerksamkeit betrachtend. „Da steht zum Beispiel eine Geschichte von einem unsichtbaren Menschen."

Mr. Marvel verzog den Mund, kratzte sich auf dem Kopfe und fühlte, wie seine Ohren zu glühen begannen. „Was werden sich die Leute nächstens ausdenken?" fragte er zaghaft. „Wo denn, in Amerika oder Australien?"

„Keines von beiden," antwortete der Matrose. *„Hier."*

„Herrgott!" rief Mr. Marvel zusammenfahrend.

„Wenn ich sage *hier*," erklärte der Matrose zu Mr. Marvels ungeheurer Erleichterung, „so meine ich natürlich nicht in diesem Orte, sondern hier in der Gegend."

„Ein unsichtbarer Mensch!" rief Mr. Marvel.

„Und was tut er denn?"

„Alles," erwiderte der Matrose, Marvel scharf beobachtend, und erklärte dann: „Alles – alles – mögliche."

„Ich habe seit vier Tagen keine Zeitung in der Hand gehabt," sagte Marvel.

„In Iping fing es an," erzählte der Matrose.

„Wirklich!" sagte Marvel.

„Dort tauchte er auf. Woher er kam, scheint niemand zu wissen. Hier steht es: „Seltsame Ereignisse in Iping! Und das Blatt sagt, daß vollkommen verläßliche Aussagen vorliegen, die ganz unanfechtbar sind."

„Herrgott!“ sagte Mr. Marvel.

„Aber es ist auch eine ganz ungewöhnliche Geschichte. Ein Pfarrer und ein Doktor sind Zeugen – sahen ihn ganz genau – oder vielmehr sahen ihn nicht. Er hat, heißt es, im „Fuhrmann“ gewohnt und niemand scheint von seinem Unglück gewußt zu haben, heißt es, bis die Verbände von seinem Kopf heruntergerissen wurden. Das geschah bei einem Streit im Wirtshaus, heißt es. Da bemerkte man, daß sein Kopf unsichtbar war. Sofort wurden Maßnahmen getroffen, ihn festzunehmen, aber er warf seine Kleider ab, heißt es, und es gelang ihm zu entkommen, nachdem er, heißt es, in einem verzweifelten Kampfe unserem allgemein beliebten und tüchtigen Gendarmen, Mr. I. A. Jaffers, mehrere schwere Verletzungen beigebracht hatte ... Die Geschichte hat doch Hand und Fuß, nicht? Namen und alles.“

„Herrgott!“ sagte Mr. Marvel, nervös nach allen Seiten blickend, wobei er versuchte, das Geld in seinen Taschen insgeheim zu zählen, und von einem seltsamen neuen Gedanken erfüllt. „Das klingt wahrhaftig erstaunlich.“

„Nicht wahr? Ganz außerordentlich nenne ich es. Ich habe nie vorher etwas von einem unsichtbaren Menschen gehört, niemals, aber heutzutage hört man von einer so erstaunlichen Menge von merkwürdigen Dingen – daß – –“

„Hat er sonst nichts getan?“ fragte Marvel und versuchte dabei gelassen auszusehen.

„Ist das nicht genug?“ meinte der Matrose.

„Ist er nicht vielleicht zurückgekommen?“ fragte Marvel. „Er entwischte nur, und sonst geschah nichts?“

„Nichts!“ erwiderte der Matrose. „Ist denn das nicht genug?“

„Vollkommen genug,“ bestätigte Marvel.

„Ich dächte, das wäre genug,“ sagte der Matrose. „Ich dächte, das wäre überreichlich genug.“

„Er hat keine Helfer gehabt – es steht nichts von Helfern, nicht wahr?“ fragte Mr. Marvel ängstlich.

„Genügt Ihnen einer von der Sorte nicht?“ fragte der Matrose. „Nein, er war, Gott sei Dank muß man wohl sagen, allein.“

Er nickte langsam mit dem Kopfe. „Schon der Gedanke, daß dieser Kerl die Gegend unsicher macht, stimmt mich unbehaglich! – – Er ist jetzt frei, und man hat Ursache, anzunehmen, daß er den Weg nach Port Stowe eingeschlagen hat. – Sie sehen, wir stecken mitten drin! Diesmal ist es keine amerikanische Räubergeschichte. Und wenn man bedenkt, was er alles tun kann! Was würden Sie anfangen, wenn er einen Tropfen über den Durst getrunken hätte, und es ihm einfiele, mit Ihnen Händel zu suchen? Angenommen, daß er stehlen wollte – wer könnte ihn hindern? Er kann rauben, er kann einbrechen, er kann eben so sicher durch eine Kette von Polizeileuten kommen, als Sie oder ich einen Blinden erwischen könnten! Noch leichter und sicherer! Denn die Blinden haben ungewöhnlich scharfe Sinne, habe ich mir sagen lassen. Und wenn er – – –“

„Er ist gewaltig im Vorteil, natürlich,“ sagte Mr. Marvel. „Und – sehen Sie.“

„Gewaltig im Vorteil,“ bestätigte der Matrose.

Die ganze Zeit über hatte Mr. Marvel aufmerksam herumgespäht, auf leise Fußtritte gehorcht, unmerkliche Bewegungen zu erkennen gesucht. Er schien vor einem großen Entschluß zu stehen; er hustete hinter der vorgehaltenen Hand.

Wieder blickte er herum – horchte – rückte nahe an den Matrosen heran und senkte die Stimme.

„Die Sache ist die, ich – ich weiß zufällig verschiedenes von diesem Unsichtbaren. Aus privaten Quellen.“

„Oh!“ sagte der Matrose. „Sie?“

„Ja, ich,“ erwiderte Mr. Marvel.

„Nicht möglich!“ rief der Matrose. „Und darf man fragen – –?“

„Sie werden verblüfft sein,“ sagte Mr. Marvel hinter der Hand hervor. „Es ist kolossal.“

„Was Sie sagen!“

„Die Sache ist die,“ begann Mr. Marvel eifrig, mit vertraulichem Geflüster. Plötzlich änderte sich sein Gesichtsausdruck vollkommen. „Au!“ rief er und richtete sich steif auf; auf seinem Gesicht spiegelte sich körperliches Leiden. „Au weh!“

„Was gibt's?“ fragte der Matrose betroffen.

„Zahnschmerzen,“ antwortete Mr. Marvel und legte die Hand auf seine Wange. Er griff nach seinen Büchern. „Ich muß gehen,“ sagte er und rutschte in seltsamer Weise auf der Bank von seinem Genossen fort.

„Aber Sie wollten mir doch gerade von diesem unsichtbaren Menschen erzählen,“ warf der Matrose ein.

Mr. Marvel schien mit sich selbst zu Rate zu gehen.

„Unsinn,“ sagte eine Stimme.

„Es war nur Unsinn,“ sagte Mr. Marvel.

„Aber es steht in der Zeitung,“ wendete der Matrose ein.

„Nichtsdestoweniger ist es Unsinn,“ sagte Marvel. „Ich kenne den Kerl, welcher die Lüge zuerst verbreitete. Es gibt überhaupt keinen unsichtbaren Menschen ....“

„Aber die Zeitungen? Wollen Sie damit sagen – –?“

„Kein wahres Wort daran,“ beharrte Mr. Marvel.

Der Matrose starrte ihn an, die Zeitung noch immer haltend. Mr. Marvel drehte sich um. „Warten Sie ein wenig,“ rief der Matrose, wobei er sich langsam erhob. „Wollen Sie damit sagen – –?“

„Ja“ erwiderte Mr. Marvel.

„Warum haben Sie mich denn immer weiter reden lassen – all das unsinnige Zeug, was? Wie können Sie sich unterstehen, einen Menschen so zum Narren zu halten?“

Mr. Marvel blies die Luft durch die Zähne. Der Matrose wurde plötzlich sehr rot und ballte die Fäuste.

„Seit zehn Minuten spreche ich da,“ sagte er, “und du kleiner dickbauchiger Hanswurst hast nicht einmal soviel Lebensart – –“

„Hüten Sie sich, mit *mir* anzufangen,“ sagte Mr. Marvel.

„Mit dir anfangen! Ich hätte nicht übel Lust –“

„Vorwärts!“ sagte eine Stimme, und Mr. Marvel wurde plötzlich herumgedreht und in einer sehr komischen Weise zum Gehen gebracht. „Ja, schauen Sie nur, daß Sie weiterkommen,“ sagte der Matrose. „Wen meinen Sie?“ antwortete Mr. Marvel. Er bewegte sich aber schon mit seltsamen, hastigen Schritten ruckweise vorwärts. Nicht lange darauf hörte man ihn mit sich selbst sprechen. Einwendungen machen und heftige Beschuldigungen hervorbringen.

„Dummer Kerl!“ sagte der Matrose, der, die Beine auseinandergespreizt und die Hände in die Taschen versenkt, der enteilenden Gestalt nachblickte. „Ich will dich lehren, mich zum Narren halten, du dummer Kerl, du! Hier steht es in der Zeitung!“

Mr. Marvel sprach unzusammenhängendes Zeug vor sich hin und verschwand bei einer Biegung. Der Matrose stand aber noch immer breitspurig in der Mitte der Straße, bis ein Fleischerwagen ihn von dort vertrieb. Dann wendete er sich Port Stowe zu. „Wirklich merkwürdige Narren,“ sagte er zu sich selbst. „Nur um mich zu ärgern – das war seine dumme Absicht ... Es steht aber doch in der Zeitung!“

Und noch etwas anderes sehr Merkwürdiges war, wie er bald darauf hörte, ganz in seiner Nähe vorgefallen. Und das war eine Vision von „einer Handvoll Gold“ (nicht mehr und nicht weniger), die ohne sichtbaren Halt an der Mauer der St. Michaels Straße entlang gewandert war. Ein anderer Seemann hatte am selben Morgen dieses Wunder gesehen. Er hatte nach dem Golde gehascht, war aber zu Boden geschlagen worden. Als er seiner Sinne wieder mächtig war, war das Truggold verschwunden. Unser Matrose erklärte, er sei in der Laune, alles zu glauben, aber das sei ein wenig zu stark. Später allerdings änderte er seine Meinung.

Die Geschichte vom fliegenden Geld war richtig. Und überall in der ganzen Gegend hatten an jenem Tage Geldrollen oder einzelne Goldstücke aus den Geldladen der Geschäfte und Wirtshäuser – bei dem schönen Wetter standen die Türen überall offen – ja selbst aus der Filiale der mächtigen Bank von England sich in aller Stille und mit großer Geschicklichkeit von selbst davongemacht, waren ruhig längs der Mauern an schattigen Orten davongeschwebt und hatten sich so den suchenden Blicken entzogen. Und immer und unfehlbar fand ihr geheimnisvoller Flug in den Taschen jenes nervösen Herrn mit dem unmodernen Zylinder, der vor dem Wirtshause in einer Vorstadt von Port Stowe saß, sein Ende, obwohl kein menschliches Auge es gewahr wurde.

Erst zehn Tage später, als die Ereignisse von Burdock schon allbekannt waren, brachte der Matrose alle diese Vorkommnisse in Verbindung und es dämmerte ihm, wie nahe er dem geheimnisvollen Unsichtbaren gewesen war.

15. Kapitel
Der Flüchtling

Spät am Nachmittag saß Dr. Kemp in seinem Studierzimmer in der Villa auf dem Hügel, von dem aus man Burdock überblickt. Das Studierzimmer war ein hübscher, kleiner, aussichtsturmartiger Raum mit drei Fenstern nach Norden, Westen und Süden. An den Wänden standen Regale mit Büchern und wissenschaftlichen Zeitschriften, in der Mitte ein großer Schreibtisch. Unter dem einen der Fenster befand sich ein Tischchen mit einem Mikroskop, Meßinstrumenten, Reinkulturen und allerlei Flaschen. Obgleich die Sonne noch am Himmel stand, war die Lampe im Zimmer schon angezündet; die Fensterläden waren nicht geschlossen, da Dr.

Kemp nicht Gefahr lief, von Neugierigen belästigt zu werden. Er war ein hochgewachsener, schlanker, junger Mann mit flachsblondem Haar und fast weißem Schnurrbart. Von dem Werk, an dem er arbeitete, hatte er eine hohe Meinung; es mußte ihn nach seiner Meinung zum Mitglied der königlichen Akademie der Wissenschaften machen.

Bald schweifte sein Auge von seiner Arbeit ab und heftete sich auf den glühenden Sonnenball, der hinter dem gegenüberliegenden Hügel verschwand. Wohl eine Minute blieb er mit der Feder im Munde regungslos sitzen und bewunderte die reichen Goldtöne auf dem Gipfel des Berges; dann fesselte die kleine, schwarze Gestalt eines Mannes, der den Hügel herab direkt auf die Villa zurannte, seine Aufmerksamkeit. Es war ein untersetzter, kleiner Mann mit einem Zylinder; und er lief so schnell, daß man seine Füße kaum mehr sehen konnte.

„Wieder ein solcher Esel," sagte Dr. Kemp. „Gerade so ein Esel wie der Mann, der heute früh an der Ecke in mich hineinrannte und schrie: „Der Unsichtbare kommt!" Die Leute sind wie besessen. Man glaubt förmlich ins dreizehnte Jahrhundert zurückversetzt zu sein."

Er stand auf, ging ans Fenster und blickte auf den Abhang hinunter, auf den sich langsam die Dämmerung senkte, und auf die dunkle, kleine Gestalt, die in gewaltigen Sätzen den Hügel herunterkam. „Er scheint es verflucht eilig zu haben," sagte Dr. Kemp, „und doch scheint er nicht vorwärts zu kommen. Wenn er die Taschen voll Blei hätte, könnte er sich nicht schwerfälliger bewegen."

Im nächsten Augenblick wurde die dahinstürmende Gestalt durch einige höhergelegene Villen seinen Blicken entzogen. Eine kleine Strecke weiter unten tauchte sie wieder auf, dann verschwand sie immer wieder bei jedem der drei einzeln stehenden Häuser, die auf dem Wege lagen, um ihm endlich knapp unter dem Hügel gänzlich aus den Augen zu kommen.

„Esel!" sagte Dr. Kemp nochmals, dann drehte er sich auf dem Absatz um und ließ sich wieder an seinem Schreibtisch nieder.

Aber diejenigen, welche auf der offenen Landstraße gingen und den Ausdruck des Entsetzens auf dem in Schweiß gebadeten Gesicht des Flüchtlings sahen, teilten die verächtliche Ansicht des Doktors durchaus nicht. Vorüber keuchte der Mann, und wie er lief, tönte etwas an ihm, wie der Klang einer wohlgefüllten Börse, die hin und her geworfen wird. Er blickte weder rechts noch links; seine weit geöffneten Augen starrten gerade vor sich hin, nach dem Ort unten, wo die Laternen angezündet wurden und Menschen sich in den Straßen drängten. Sein häßlich geformter Mund öffnete sich, auf seinen Lippen lag weißer Schaum und schwer und pfeifend ging sein Atem. Die Leute, an denen er vorbeikam, blieben stehen und blickten sich mit leisem Unbehagen nach dem Grunde dieser Eile um.

Dann begann auf einmal ein Hund, der auf der Straße spielte, zu bellen und zu winseln und verkroch sich unter ein Tor; und während die Leute noch staunend dastanden, kam etwas – ein Windstoß – ein Tap, Tap, Tap – ein keuchender Atem – schnell an ihnen vorüber.

Alles schrie auf und sprang zur Seite. Durch Zurufe verbreitete es sich im Ort. Man schrie auf der Straße, bevor Marvel noch den halben Weg zurückgelegt hatte. Die Menschen stürzten mit der Neuigkeit in die Häuser und schlugen die Türen hinter sich zu. Er hörte es und machte eine letzte verzweifelte Anstrengung. Die bleiche Furcht kam herangezogen, flog ihm voraus und hatte in einem Augenblick die ganze Stadt ergriffen.

„Der Unsichtbare kommt! Der Unsichtbare!“

16. Kapitel
Im Wirtshaus „Zu den lustigen Cricketern“

Das Wirtshaus „Zu den lustigen Cricketern“ liegt gerade am Fuße des Hügels, wo die Trambahnlinien beginnen. Der Wirt stützte seine dicken, roten Arme auf den Schanktisch und sprach mit einem bleichsüchtigen Kutscher über Pferde, während ein schwarzbärtiger, grau gekleideter

Mann Brot und Käse aß, Bier trank und sich in stark amerikanischem Akzent mit einem dienstfreien Polizisten unterhielt.

„Was ist das für ein Geschrei?“ fragte der Kutscher und suchte über die schmutziggelben Vorhänge hinweg den Abhang zu überblicken. Jemand lief draußen vorbei.

„Vielleicht brennt es,“ sagte der Wirt.

Schwere Schritte näherten sich eilends, die Tür wurde aufgerissen und Marvel stürzte in jämmerlicher Verfassung, ohne Hut, mit aufgerissenem Halskragen herein. Er drehte sich sogleich um und versuchte in verzweifelter Anstrengung, die Tür hinter sich zu schließen. Ein Strick hinderte ihn daran.

„Er kommt!“ stammelte er vor Entsetzen kreischend. „Er kommt! Der Unsichtbare! Er verfolgt mich! Um Gottes Barmherzigkeit willen! Hilfe! Hilfe! Hilfe!“

„Schließt die Türen!“ sagte der Polizist. „Wer kommt? Was gibt es?“ Er ging zur Tür, löste den Strick und die Tür schlug zu. Der Amerikaner schloß die zweite.

„Laßt mich herein!“ bat Marvel stammelnd und weinend, wobei er aber die Bücher noch immer fest an sich gedrückt hielt. „Laßt mich herein! Er ist hinter mir. Ich bin ihm durchgegangen. Er hat geschworen, er wird mich töten, und er wird es auch tun!“

„Sie sind in Sicherheit,“ sagte der Schwarzbärtige. „Die Tür ist geschlossen. Was soll das alles heißen?“

„Laßt mich da hinein,“ stammelte Marvel und schrie laut auf, als plötzlich ein Schlag die verriegelte Tür erdröhnen ließ, dem ein heftiges Klopfen und ein lauter Ruf draußen folgte.

„Hallo!“ rief der Polizeimann. „Wer ist da?“

Mr. Marvel machte verzweifelte Versuche, durch Wandverkleidungen, die wie Türen aussahen, zu entkommen. „Er wird mich ermorden! Er hat ein Messer oder sonst eine Waffel Um Gottes willen –!“

„Hierher!“ rief der Wirt. „Kommen Sie hierher!“ Und er öffnete die Klappe des Schanktisches.

Während die Aufforderung zum Öffnen von draußen wiederholt wurde, stürzte Mr. Marvel hinter den Tisch. „Öffnet nicht!“ kreischte er. „Bitte, bitte, öffnet nicht! Wo soll ich mich nur verbergen?“

„Dies ist also der Unsichtbare?“ fragte der schwarzbärtige Mann, eine Hand auf dem Rücken haltend. „Höchste Zeit, daß er sich sehen läßt.“

Plötzlich wurde ein Fenster des Wirtshauses eingedrückt und auf der Straße vernahm man lautes Schreien und eiliges Hin- und Herrennen. Der Polizist hatte sich auf einen Stuhl gestellt und brannte vor Neugierde zu sehen, wer bei der Tür war. Jetzt stieg er mit gerunzelter Stirn wieder herunter. „Es ist so!“ sagte er. Der Wirt stand vor der Gastzimmertür, die jetzt hinter Mr. Marvel verriegelt wurde, starrte mit großen Augen auf das zerschlagene Fenster und gesellte sich dann zu den andern Männern.

Plötzlich trat Stille ein. „Ich wollte, ich hätte meinen Knüttel,“ sagte der Polizist, unentschlossen auf die Tür zugehend. „Sowie wir öffnen, kommt er herein. Da gibt es kein Aufhalten.“

„Beeilen Sie sich mit dem Öffnen nicht zu sehr,“ meinte der bleichsüchtige Kutscher ängstlich.

„Ziehen Sie den Riegel zurück,“ sagte der Schwarzbärtige, „und wenn er kommt …“ Er brachte einen Revolver, den er in der Hand hielt, zum Vorschein.

„Das geht nicht,“ meinte der Polizist, „das wäre Mord!“

„Ich weiß, in welchem Lande ich mich befinde,“ sagte der Mann mit dem Bart, „ich will ihn in die Beine schießen. Schieben Sie den Riegel zurück.“

„Nicht, wenn das Zeug hinter mir losgeht,“ erklärte der Wirt, durch die Vorhänge spähend.

„Auch recht,“ sagte der Bärtige, ging, den Revolver schußbereit, vorwärts und öffnete selbst. Wirt, Kutscher und Polizist sahen ihm gespannt zu.

„Herein!“ sagte der Bärtige halblaut, trat einen Schritt zurück und hielt die Waffe schutzbereit hinter sich. Niemand erschien, nichts regte sich. Als fünf Minuten später ein zweiter Kutscher vorsichtig den Kopf hineinsteckte, warteten sie noch immer, während ein angstverzerrtes Gesicht sich im Rahmen der Gastzimmertür zeigte und alle möglichen Anfragen beantworten mußte.

„Sind alle Türen im Hause geschlossen?“ fragte Marvel. „Er geht gewiß um das Haus herum und späht eine Gelegenheit aus. Er ist klug und listig wie der Teufel.“

„Großer Gott!“ rief der dicke Wirt. „Die Hintertür! Bewacht die Türen dort! Ich sage – –!“ Er blickte sich hilflos um. Die Gastzimmertür schlug zu und sie hörten, wie der Schlüssel umgedreht wurde. „Das Haustor und der Hauseingang sind offen. Das Haustor – –“

Er stürzte aus der Schankstube.

Im nächsten Augenblick erschien er wieder mit einem großen Messer in der Hand. „Das Haustor war offen,“ sagte er und ließ seine dicke Unterlippe hängen.

„Jetzt kann er im Hause sein,“ sagte der erste Kutscher.

„In der Küche ist er nicht,“ meinte der Wirt. „Es sind zwei Frauen drinnen und ich habe jeden Zoll breit mit diesem Messer durchsucht. Auch glauben sie nicht, daß er hereingekommen ist. Sie haben nichts bemerkt –“

„Haben Sie das Tor geschlossen?“ fragte der erste Kutscher.

„Ich habe *wirklich* die Kinderschuhe schon ausgetreten,“ versetzte der Wirt.

Der Mann mit dem Bart steckte seinen Revolver ein. Im selben Augenblick wurde die Klappe der Schanktür zugeschlagen, die Riegel klirrten, dann schnappte das Schloß mit fürchterlichem Getöse ein und die Gastzimmertür wurde aufgerissen. Sie hörten Marvel wie ein gefangenes Tier quietschen und sprangen über den Schanktisch, um ihm zu Hilfe zu kommen. Der Revolver des Bärtigen knackte und der Spiegel am andern Ende des Schankzimmers fiel in tausend Splittern zu Boden.

Als der Wirt das Zimmer betrat, sah er Marvel in einer sehr sonderbaren Stellung zusammengekrümmt an der Tür, die in den Hof und in die Küche führte, herumarbeiten. Während der Wirt noch zögerte, flog die Tür auf und Marvel wurde in die Küche gezerrt. Man hörte einen Aufschrei und das Klirren von Schüsseln. Marvel, der sich mit aller Kraft gegen die unsichtbare Gewalt sträubte, wurde kopfüber in die Küche gestoßen und die Tür hinter ihm verriegelt.

Der Schutzmann, der versucht hatte, am Wirt vorbeizukommen, stürzte nach; einer der Kutscher folgte. Er umklammerte das Gelenk der unsichtbaren Hand, welche Marvel am Kragen festhielt, bekam einen Schlag ins Gesicht und fiel taumelnd zurück. Die Tür öffnete sich wieder, und Marvel machte verzweifelte Anstrengungen, dahinter Schutz zu finden. Dann packte der Kutscher etwas Festes ...

„Ich habe ihn!“ rief er.

Die roten Hände des Schankwirts umklammerten etwas Unsichtbares.

„Da ist er!“ schrie er.

Mr. Marvel sah sich befreit, glitt rasch zu Boden und versuchte, hinter den Beinen der Kämpfenden wegzukriechen. Der Kampf zog sich um die Türkante herum. Zum ersten Male hörte man die Stimme des Unsichtbaren, der laut aufschrie, als ihm der Polizist auf den Fuß trat. Dann stieß er wilde Rufe aus und seine Fäuste flogen herum wie Dreschflegel. Der Kutscher stöhnte plötzlich auf und wand sich unter einem Stoß, der ihn in den Magen getroffen hatte. Die Tür, die aus der Küche ins Gastzimmer führte, wurde zugeschlagen und deckte Mr. Marvels Rückzug. Die Männer in der Küche sahen plötzlich, daß sie im Leeren herumgriffen und gegen leere Luft ankämpften.

„Wo ist er hingekommen?“ schrie der Mann mit dem Bart. „Hinaus?“

„Hierher,“ antwortete der Polizist, in den Hof hinaustretend und dann stehenbleibend.

Ein halber Dachziegel wirbelte an seinem Kopf vorbei und zerschmetterte das Geschirr und die Töpfe auf dem Küchentisch.

„Ich werde es ihm schon zeigen!" schrie der Mann mit dem schwarzen Bart, ein eiserner Lauf glänzte über der Schulter des Polizisten und fünf Schüsse wurden in rascher Aufeinanderfolge in der Richtung abgegeben, aus welcher der Ziegel geflogen war. Während er feuerte, hatte der Bärtige die Hand in horizontaler Linie bewegt, so daß die Schüsse in dem engen Hof wie die Speichen eines Rades nebeneinander lagen.

Tiefes Schweigen folgte. „Fünf Patronen," sagte der Bärtige, „das ist immer das Beste. Fünf Schüsse, darunter ein Treffer. Eine Laterne her! Wir müssen nach seinem Körper tasten."

17. Kapitel
Dr. Kemps Gast

Dr. Kemp hatte in seinem Studierzimmer weitergeschrieben, bis die Schüsse ihn aufscheuchten. Krack, krack, krack, kamen sie, einer nach dem andern.

„Hallo!" sagte Dr. Kemp, steckte den Federhalter wieder in den Mund und horchte. „Wer schießt denn in Burdock Revolver los? Was machen diese Esel schon wieder?"

Er ging zum Südfenster, stieß es auf und blickte, sich weit hinauslehnend, auf die schimmernden Linien erleuchteter Fenster und Kaufläden und die Gaslaternen, deren Reihen durch die dunklen Dächer und Höfe unterbrochen wurde: das Nachtbild der Stadt. „Es sieht aus wie ein Zusammenlauf bei den „lustigen Cricketern" unten," sagte er. Dann wanderte sein Auge weit über die Stadt, bis dorthin, wo die Schiffslaternen glänzten und der Landungsplatz in hellem Licht erstrahlte. Über dem westlich gelegenen Hügel stand der Mond in seinem ersten Viertel und die Sterne schienen klar und funkelten in fast südlichem Glanze.

Nach fünf Minuten, während welcher sein Geist in die Betrachtung der sozialen Verhältnisse der Zukunft versunken war und sich in der Unendlichkeit der Zeit verloren hatte, ermannte sich Dr. Kemp mit einem Seufzer, schloß das Fenster und kehrte zu seinem Schreibtisch zurück.

Es muß ungefähr eine Stunde später gewesen sein, als die Hausglocke ertönte. Seit er die Schüsse vernommen hatte, hatte er ganz zerstreut gearbeitet und war nicht recht bei der Sache. Er lauschte, hörte das Mädchen die Haustür öffnen und wartete darauf, ihre Schritte auf der Treppe zu hören; aber sie kam nicht. „Was das gewesen sein mag?" sagte Dr. Kemp.

Er versuchte, seine Arbeit wieder aufzunehmen, doch gelang ihm dies nicht; er erhob sich, ging auf den Flur hinunter, läutete und rief dem Hausmädchen, das in der Vorhalle unten erschien, über das Treppengeländer zu: „War das ein Brief?"

„Nur ein blindes Läuten, Herr!" erwiderte sie.

„Ich komme heute abend nicht zur Ruhe," sagte er zu sich selbst. Dann kehrte er in sein Studierzimmer zurück und machte sich entschlossen an seine Arbeit.

Kurze Zeit darauf war er wieder in sein Werk vertieft und das einzige Geräusch, das man im Zimmer vernahm, war das Ticken der Uhr und das leise Kratzen der Feder, die er gerade im Mittelpunkt des Lichtkreises, den die Lampe auf den Schreibtisch warf, über das Papier eilen ließ.

Es wurde zwei Uhr, bevor Dr. Kemp seine Arbeit beendet hatte. Dann erhob er sich gähnend und ging in das obere Stockwerk, um sich zu Bette zu begeben. Er hatte Rock und Weste bereits abgelegt, als er Durst verspürte, So nahm er ein Licht und ging in die Speisekammer hinunter, um Sodawasser und Whisky zu holen.

Infolge seiner wissenschaftlichen Untersuchungen war Dr. Kemp gewöhnt, alles aufmerksam zu betrachten. Als er durch die Vorhalle zurückging, bemerkte er in der Nähe der Fußmatte einen dunklen Fleck auf dem Linoleumteppich. Er ging weiter, empfand aber plötzlich das

Verlangen, den Fleck auf dem Linoleum zu untersuchen. Augenscheinlich trieb ihn etwas Unbewußtes. Wie dem auch sei, er kehrte um und ging nochmals in die Halle. Hier stellte er Sodawasser und Whisky nieder, beugte sich zur Erde und berührte den Fleck. Ohne besonders betroffen zu sein, fand er, daß derselbe, nach Farbe und Klebrigkeit zu schließen, von geronnenem Blut herrührte.

Er nahm die Flaschen wieder an sich und stieg die Treppe hinauf; dabei blickte er umher und suchte die Ursache des Blutfleckes zu erforschen. Im Treppenhaus sah er etwas und blieb erstaunt stehen. Die Klinke der Schlafzimmertür war mit Blut befleckt.

Er blickte auf seine Hand. Sie war ganz rein, und dann erinnerte er sich, daß die Tür des Schlafzimmers offengestanden hatte, als er aus seinem Studierzimmer heruntergekommen war; folglich hatte er die Klinke gar nicht berührt. Er ging geradeswegs in den Schlafraum; sein Gesicht erschien ganz ruhig – vielleicht ein wenig entschlossener als gewöhnlich. Die Blicke, die er durch das Zimmer schweifen ließ, trafen auch das Bett. Auf dem Teppich davor gewahrte er eine Blutlache, das Bettuch selbst war zerrissen. Als er vorher das Zimmer betreten hatte, hatte er dies nicht bemerkt, weil er direkt zum Toilettentisch gegangen war. Auf der gegenüberliegenden Seite war das Bettzeug niedergedrückt, als ob jemand vor kurzem dort gesessen hätte.

Dann hatte er eine sonderbare Empfindung, als ob eine Stimme leise sagte: „Großer Gott! – Kemp!“ Aber Dr. Kemp glaubte nicht an geheimnisvolle Stimmen.

Er starrte auf das zerwühlte Leintuch. War es wirklich eine Stimme gewesen? Wieder blickte er im Zimmer umher, aber, außer einem Blutfleck im Bett bemerkte er nichts Auffallendes weiter. Dann hörte er ganz deutlich eine Bewegung in der Nähe des Waschtisches. Alle Menschen, selbst hochgebildete, haben bisweilen abergläubische Regungen. Ein Gefühl wie Geisterfurcht überkam ihn. Er schloß die Tür des Zimmers, ging zum Nachttisch und stellte die Flaschen nieder. Plötzlich bemerkte er, zusammenfahrend, einen blutbefleckten

Leinwandfetzen zwischen sich und dem Waschtisch mitten in der Luft schweben.

Bestürzt starrte er darauf hin. Es war ein leerer Verband – ein richtig geknüpfter, aber ganz leerer Verband. Er wollte einen Schritt vorwärts tun, um ihn zu ergreifen, aber eine Berührung hielt ihn zurück sowie eine Stimme, die dicht neben ihm sprach.

„Kemp!“ sagte die Stimme.

„Eh?“ fragte Kemp mit offenem Munde.

„Bleiben Sie ruhig,“ ertönte die Stimme. „Ich bin ein unsichtbarer Mensch.“

Eine Zeitlang antwortete Kemp nicht, sondern fuhr fort, den Verband anzustarren. „Ein unsichtbarer Mensch?“ fragte er endlich langsam.

„Ich bin ein unsichtbarer Mensch,“ wiederholte die Stimme.

Kemp fiel es ein, wie er noch am Morgen mit großem Eifer darauf bedacht gewesen war, die ganze Geschichte von einem unsichtbaren Menschen ins Lächerliche zu ziehen. In jenem Augenblick scheint er aber weder sehr erschrocken noch besonders überrascht gewesen zu sein. Das Bewußtsein des Wunderbaren kam erst später über ihn.

„Ich hielt alles für Lüge,“ sagte er. Dabei wiederholte er ununterbrochen in seinem Geiste alle Gründe, aus denen er bei sich selbst das Gerücht als eine Ungeheuerlichkeit zurückgewiesen hatte. „Haben Sie sich einen Verband angelegt?“ fragte er.

„Ja,“ erwiderte der Unsichtbare.

„Oh,“ sagte Kemp. Dann ermannte er sich. „Aber das ist ja Unsinn. Ein Taschenspielerkunststück.“ Er trat plötzlich vor, und seine Hand, die er in der Richtung des Verbandes ausstreckte, stieß auf unsichtbare Finger.

Er wich bei der Berührung zurück und wechselte die Farbe.

„Nehmen Sie sich zusammen, Kemp, um Gottes willen! Ich brauche dringend Hilfe. Bleiben Sie stehen!“

Die Hand umklammerte seinen Arm. Er schlug danach. „Kemp!“ rief die Stimme. „Kemp, nehmen Sie sich zusammen!“ und der Griff wurde fester.

Ein wahnsinniges Verlangen, sich zu befreien, durchzuckte Kemp. Die Hand des verbundenen Armes packte ihn an der Schulter; er wurde um den Leib gefaßt und rückwärts auf das Bett geschleudert. Schon öffnete er den Mund und wollte um Hilfe rufen, als ihm der Zipfel des Leintuches in den Mund gestopft wurde. Der Unsichtbare hielt ihn mit eiserner Kraft nieder. Nur die Arme hatte er frei, und mit diesen stieß und schlug er herum, so gut er konnte.

„Wollen Sie vernünftig zuhören?“ fragte der Unsichtbare und hielt Kemp, trotz eines Rippenstoßes, den er von ihm erhielt, fest. „Beim Himmel, noch eine Minute und Sie bringen mich zur Raserei!“

„Liegen Sie still, Sie Narr!“ brüllte der Unsichtbare Kemp ins Ohr.

Kemp wehrte sich noch einen Augenblick, dann blieb er still liegen.

„Wenn Sie schreien, zerschlage ich Ihnen das Gesicht,“ sagte der Unsichtbare, den Knebel entfernend. „Ich bin ein unsichtbarer Mensch. Das ist weder Tollheit noch Zauberei. Ich bin wirklich ein unsichtbarer Mensch. Und ich brauche Ihre Hilfe. Ich habe nicht die Absicht, Ihnen wehe zu tun, wenn Sie sich aber wie ein Bauerntölpel gebärden, kann ich mir nicht helfen. Erinnern Sie sich meiner nicht, Kemp? Griffin, Ihr Kollege an der Universität.“

„Lassen Sie mich aufstehen,“ bat Kemp. „Ich werde bleiben, wo ich bin. Und lassen Sie mich eine Minute lang ruhig denken.“

Er setzte sich auf und befühlte seinen Hals.

„Ich bin Griffin, von der Universität, und ich habe mich unsichtbar gemacht. Ich bin ein ganz gewöhnlicher Mensch – den Sie selbst gekannt haben – der sich unsichtbar gemacht hat.“

„Griffin?“ fragte Kemp.

„Griffin," antwortete die Stimme. „Ein jüngerer Kollege von Ihnen, fast ein Albino, sechs Fuß hoch, breit in den Schultern – mit einem rosigen und weißen Teint und roten Augen – der den Preis für Chemie gewann."

„Ich bin ganz verwirrt," sagte Kemp. „Mein Kopf geht auseinander. Was hat das alles mit Griffin zu tun?"

„Ich bin Griffin."

Kemp dachte nach. „Es ist schrecklich," sagte er. „Aber welche Teufelei kann einen Menschen unsichtbar machen?"

„Es ist keine Teufelei. Es ist ein ganz einfacher und leichtverständlicher chemischer Prozeß – –"

„Es ist entsetzlich!" sagte Kemp. „Wie war es nur möglich – –?"

„Es ist wirklich entsetzlich. Aber ich bin verwundet, habe Schmerzen und bin müde. – Großer Gott! Kemp, Sie sind ein Mann. Fassen Sie sich. Geben Sie mir etwas zu essen und zu trinken und lassen Sie mich hier sitzen."

Kemp blickte starr auf den Verband, der sich durch das Zimmer bewegte, und sah einen Korbsessel von dem andern Ende des Zimmers an sein Bett kommen und dort stehenbleiben. Der Sitz krachte und senkte sich um einen Viertelzoll. Kemp rieb sich die Augen und befühlte seinen Hals abermals. „Das übertrifft Geisterspuk," sagte er und lachte albern vor sich hin.

„So ist's schon besser. Dem Himmel sei Dank, Sie kommen zur Vernunft."

„Oder ich werde verrückt," erwiderte Kemp und rieb sich die Augen.

„Geben Sie mir etwas Whisky, ich bin halbtot."

„Den Eindruck hatte ich nicht. Wo sind Sie? Werde ich nicht in Sie hineinrennen, wenn ich aufstehe? Ja! Schon gut. Whisky. – Da ist ein Glas. Wohin soll ich es Ihnen geben?"

Der Stuhl krachte und Kemp fühlte, wie das Glas seiner Hand entzogen wurde. Er ließ es nur mit Überwindung los; sein Instinkt sträubte sich dagegen. Zwanzig Zoll über dem Stuhl blieb es in der Luft schweben. Unendlich verwirrt starrte er es an.

„Das ist – das *muß* Hypnotismus sein. Sie müssen mir suggeriert haben, daß Sie unsichtbar sind."

„Unsinn!" sagte die Stimme.

„Das ist heller Wahnsinn!"

„Hören Sie mich an."

„Ich habe heute früh überzeugend dargetan," begann Kemp, „daß Unsichtbarkeit – –"

„Kümmern Sie sich nicht um das, was Sie dargetan haben!" sagte die Stimme. „Ich bin halb verhungert und fühle die Kälte der Nacht sehr, da ich keine Kleider anhabe."

„Sie wollen etwas zu essen?" fragte Kemp.

Das Glas Whisky neigte sich von selbst. „Ja," sagte der Unsichtbare, es niederstellend. „Haben Sie einen Schlafrock?"

Mit einem halblauten Ausruf ging Kemp auf einen Schrank zu und nahm einen dunkelroten Schlafrock heraus. „Genügt Ihnen dieser?" fragte er. Er wurde ihm weggenommen. Einen Augenblick hing das Kleidungsstück schlaff in der Luft, flatterte geheimnisvoll auf, dann stand es rund und ausgefüllt vor ihm, knöpfte sich zu und nahm auf einem Stuhl Platz.

„Unterhosen, Socken, Schuhe wären eine Wohltat für mich," sagte der Unsichtbare kurz. „Und etwas zu essen."

„Soviel Sie wollen. Aber das ist das Tollste, was ich je erlebt habe!"

Er zog die verlangten Kleidungsstücke aus den Schubladen hervor und ging dann hinunter, um seine Speisekammer zu plündern. Er kam mit einigen kalten Koteletts und etwas Brot zurück, schob einen leichten Tisch heran und forderte seinen Gast auf, zuzugreifen.

„Messer sind unnötig,“ sagte dieser; ein Kotelett hing in der Luft und man hörte kauen.

„Ich habe immer gern etwas an, bevor ich esse,“ sagte der Unsichtbare mit vollem Munde, gierig essend. „Eine seltsame Laune.“

„Ihr Gelenk ist doch gut verbunden?“ fragte Kemp. “Darüber können Sie ruhig sein,“ versetzte der Unsichtbare.

„Von allem, was merkwürdig und wunderbar ist – –“

„Ja, ja. Aber es ist komisch, daß ich in Ihrem Hause nach einem Verband suchen mußte. Mein allererster Glücksfall! Jedenfalls hatte ich die Absicht, heute nacht in diesem Hause zu schlafen. Sie müssen sich das schon gefallen lassen! Höchst unangenehm, daß mein Blut sichtbar ist, nicht wahr? Dort drüben ist eine ganze Lache. Wenn es gerinnt, wird es sichtbar, wie ich sehe. Ich habe nur das lebendige Zellengewebe verändert, und nur solange Leben in mir ist – – – Ich bin seit drei Stunden im Hause.“

„Aber, wie bewirkten Sie das?“ begann Kemp in dem Tone der Verzweiflung. „Zum Teufel! Die ganze Geschichte ist widersinnig – von Anfang bis zu Ende.“

„Sie ist ganz erklärlich,“ erwiderte der Unsichtbare. „Vollkommen erklärlich!“

Er beugte sich vor und griff nach der Flasche. Kemp starrte auf den sich bewegenden Schlafrock. Ein Lichtstrahl von der Kerze, der durch einen Riß in der rechten Schulter drang, zeigte einen dreieckigen Lichtfleck an der Stelle, wo die linken Rippen hätten sein sollen.

„Was waren das für Schüsse?“ fragte er. „Wie begann das Schießen?“

„Es ist da ein Narr von einem Menschen – eine Art Verbündeter von mir, Gott verdamm' ihn! – der mein Geld zu stehlen versuchte. Er hat es auch gestohlen!“

„Ist er auch unsichtbar?“

„Nein.“

„Nein, und?“

„Kann ich nicht noch etwas zu essen haben, bevor ich Ihnen alles das erzähle? Ich bin hungrig und habe Schmerzen. Und Sie verlangen, daß ich Ihnen Geschichten erzähle!“

Kemp stand auf. „Sie haben nicht geschossen?“ fragte er.

„Ich nicht,“ erwiderte der Gast. „Irgendein Narr, den ich meiner Lebtag nicht gesehen habe, feuerte aufs Geratewohl. Ein paar von ihnen, Gott verdamme sie, habe ich ordentlich gezeichnet. – Ich muß noch mehr zu essen haben, Kemp.“

„Ich will sehen, ob ich unten noch etwas finde,“ sagte Kemp. „Es wird nicht viel sein, fürchte ich.“

Als der Unsichtbare gegessen hatte – und er hielt eine tüchtige Mahlzeit – verlangte er eine Zigarre. Noch bevor Kemp ein Messer finden konnte, hatte er ungeduldig die Spitze abgebissen und fluchte, als das äußere Deckblatt sich loslöste.

Es war seltsam, ihn rauchen zu sehen: Mund und Kehle, Nase und Schlund wurden als eine Art rauchender Schornstein sichtbar.

„Rauchen ist eine Gottesgabe,“ sagte er, dichte Rauchwolken ausstoßend. „Es war ein Glück für mich, daß ich gerade auf Sie stieß, Kemp. Sie müssen mir helfen! Wie sonderbar, daß ich gerade zu Ihnen kam! Ich bin in einer verteufelten Klemme – rein verrückt war ich – glaube ich. Was ich durchgemacht habe! Aber wir werden noch Großes vollbringen, sage ich Ihnen.“

Er nahm noch mehr Whisky und Soda. Kemp erhob sich, blickte sich um und holte sich ein Glas aus dem Nebenzimmer.

„Es ist rein unfaßbar – aber trinken möchte ich deshalb doch.“

„Sie haben sich in den letzten zwölf Jahren nicht sehr verändert, Kemp. Blonde Leute bleiben sich immer gleich. Kühl und methodisch. – Ich sage Ihnen, wir werden zusammen arbeiten!“

„Aber wie ist das alles gekommen?“ fragte Kemp, „und wie haben Sie's angefangen?“

„Lassen Sie mich um Gottes willen ein Weilchen in Frieden rauchen, dann will ich erzählen.“

Aber die Geschichte wurde an jenem Abend nicht mehr erzählt. Das Armgelenk bereitete dem Unsichtbaren arge Schmerzen. Er fieberte und begann über seine Jagd den Hügel hinab und den Kampf im Wirtshaus nachzubrüten. Er fing seine Erzählung an, um gleich wieder abzuschweifen. In abgerissenen Sätzen sprach er von Marvel; er rauchte immer schneller und seine Stimme wurde immer zorniger. Kemp suchte aus seinen Worten aufzufangen, soviel er konnte.

„Er fürchtete sich vor mir – ich sah, daß er sich vor mir fürchtete,“ wiederholte der Unsichtbare immer wieder. „Er wollte mir entwischen – er dachte nur immer an Flucht. Welch ein Narr ich war!

Der Hund!

Ich war wütend. Ich hätte ihn töten sollen – –“

„Woher nahmen Sie das Geld?“ fragte Kemp plötzlich.

Der Unsichtbare schwieg eine geraume Zeit. „Ich kann es Ihnen heute nicht sagen.“

Er stöhnte plötzlich auf und lehnte sich nach vorn, sein unsichtbares Haupt in unsichtbare Hände stützend.

„Kemp,“ sagte er, „ich habe seit drei Tagen nicht geschlafen – kaum eine Stunde hie und da genickt. Ich muß schlafen, und das bald.“

„Gut, Sie können mein Zimmer haben – dieses Zimmer.“

„Aber wie kann ich schlafen? Wenn ich schlafe, entwischt er mir. Bah! Was liegt daran?“

„Was ist es mit Ihrer Schußwunde?“ fragte Kemp.

„Nichts. Eine blutige Schramme. O Gott! Wie ich mich nach Schlaf sehne!“

„Warum legen Sie sich nicht nieder?“

Der Unsichtbare schien Kemp zu beobachten. „Weil ich einen besonderen Widerwillen dagegen habe, mich von meinen Mitmenschen fangen zu lassen,“ sagte er langsam.

Kemp fuhr in die Höhe.

„Narr, der ich bin!“ sagte der Unsichtbare, mit der Faust auf den Tisch schlagend. „Jetzt habe ich Sie selber auf den Gedanken gebracht.“

18. Kapitel
Der Unsichtbare schläft

So krank und erschöpft der Unsichtbare auch war, genügte ihm dennoch Kemps Wort nicht, daß seine Freiheit gewahrt bleiben sollte. Er untersuchte die beiden Fenster des Schlafzimmers und öffnete die Läden, um sich davon zu überzeugen, daß ein Rückzug auf diesem Wege, wie Kemp behauptete, möglich sei. Die Nacht war ruhig und still, und der neue Mond stand hoch über der Düne. Dann untersuchte er die Schlösser der Schlafzimmertüren und vergewisserte sich, daß auch diese ihm und seiner Freiheit Schutz boten. Endlich erklärte er sich befriedigt. Er stand am Kamin, und Kemp hörte ihn gähnen.

„Es tut mir leid,“ sagte der Unsichtbare, „daß ich Ihnen heute nicht alles erzählen kann, was ich getan habe. Aber ich bin erschöpft. Es ist phantastisch, gewiß. Es ist sogar entsetzlich! Aber glauben Sie mir, Kemp, trotz Ihrer Beweisführung von heute morgen ist es möglich. Ich habe eine Entdeckung gemacht. Ich wollte sie für mich behalten. Es geht aber nicht. Ich muß einen Helfer haben. Und Sie – wir werden Dinge ausführen –. Aber morgen. Jetzt, Kemp, habe ich das Gefühl, als ob ich schlafen müsse – – oder sterben.“

Kemp stand in der Mitte des Zimmers und starrte auf das kopflose Gewand. „Ich muß Sie wohl verlassen,“ sagte er. „Es ist – unglaublich. Noch ein solches Erlebnis, das meine Berechnungen so über den Haufen wirft – und ich würde verrückt werden. Aber es ist Wirklichkeit! Kann ich sonst noch etwas für Sie tun?“

„Nur mir „Gute Nacht!“ sagen,“ erwiderte Griffin. „Gute Nacht!“ sagte Kemp und schüttelte eine unsichtbare Hand. Dann ging er seitwärts zur Tür.

Plötzlich folgte ihm der Schlafrock hastig. „Verstehen Sie mich wohl,“ sagte der Schlafrock, „machen Sie keinen Versuch, mich zu belästigen oder zu fangen – sonst –“

Kemp wechselte ein wenig die Farbe. „Ich denke, Sie haben mein Wort!“ sagte er.

Er schloß die Tür leise hinter sich und sofort wurde der Schlüssel hinter ihm umgedreht. Während er dann noch mit dem Ausdruck dumpfer Verblüffung stehenblieb, hörte er, wie sich rasche Schritte der Tür zum Ankleidezimmer näherten, und wie auch diese verschlossen wurde. Er strich sich mit der Hand über die Brauen. „Träume ich? Ist die Welt verrückt geworden, oder bin ich es?“

Er lachte und legte die Hand an die verriegelte Tür. „Durch eine lächerliche Sinnestäuschung aus meinem eigenen Schlafzimmer vertrieben!“ murmelte er.

Er ging zur Treppe, wandte sich um und starrte auf die verschlossene Tür. „Es ist Tatsache,“ sprach er zu sich. Dann legte er die Hand an seinen leicht verletzten Nacken. „Unleugbare Tatsache!“

Er schüttelte hoffnungslos den Kopf, wendete sich um und ging hinunter.

Im Speisezimmer zündete er die Lampe an, nahm eine Zigarre und begann im Zimmer auf und ab zu gehen. Von Zeit zu Zeit sprach er mit sich selbst.

„Unsichtbar!“ sagte er.

„Gibt es ein unsichtbares Tier? ... Im Meer – gewiß. Tausende – Millionen. Alle Larvae, alle die kleinen Nauplii und Tornarias, alle die mikroskopischen Dinge. Im Meere gibt es mehr unsichtbare als sichtbare Dinge. Ich habe früher niemals daran gedacht ... Und auch in den Teichen! All die kleinen Infusorien, die darin leben – farblose, durchsichtige Gallerte! ... Aber in der Luft! Nein!

Es kann nicht sein.

Aber schließlich – warum nicht?

Wenn ein Mensch aus Glas wäre, bliebe er doch noch sichtbar.“

Er dachte angestrengt nach. Drei Zigarren hatten sich als weiße Asche auf den Teppich gelagert, bevor er wieder sprach. Und dann war es nur ein Ausruf. Er wandte sich ab, schritt aus dem Zimmer und ging in sein kleines Sprechzimmer, wo er das Gas anzündete. Es war ein kleiner Raum, denn Dr. Kemp lebte nicht von seiner Praxis, und die Tageszeitungen waren dort aufbewahrt. Das Morgenblatt war nachlässig geöffnet und beiseite geworfen worden. Er hob es auf, blätterte um und las den Bericht über die „seltsamen Ereignisse in Iping“, welche der Matrose in Port Stowe Marvel so mühsam vorbuchstabiert hatte. Kemp überflog rasch den Artikel.

„Vermummt!“ sagte er. „Maskiert!“ „Er verbarg es!“ „Niemand scheint eine Ahnung von seinem Unglück gehabt zu haben!“ „Was zum Teufel hat er eigentlich vor?“

Er ließ die Zeitung sinken und sein Auge schweifte suchend umher. „Ah!“ sagte er und nahm die „St. James-Gazette“ auf, die noch zusammengefaltet dalag, wie man sie am Abend gebracht hatte. „Jetzt werden wir die Wahrheit erfahren.“ Er riß das Blatt auf. Ein paar Spalten fielen ihm in die Augen. „Ein ganzes Dorf in Sussex verrückt geworden!“ war die Aufschrift.

„Großer Gott!“ sagte Kemp, eifrig einen unglaublichen Bericht über die Ereignisse des denkwürdigen Nachmittags in Iping, wie sie schon geschildert wurden, durchfliegend. Auf der zweiten Seite war der Bericht aus dem Morgenblatte abgedruckt.

Er las ihn zum zweitenmal. „Lief um sich stoßend und schlagend durch die Straßen. Jaffers besinnungslos. Mr. Huxter – heftige Schmerzen – noch unfähig zu beschreiben, was er sah. Peinliche Beschämung – der Pfarrer. Eine Frau vor Schreck krank. Eingeschlagene Fensterscheiben. Die ganze merkwürdige Geschichte wahrscheinlich eine Ente, zu gut, um nicht abgedruckt zu werden – cum grano."

Er ließ das Blatt sinken und starrte vor sich ins Leere. „Wahrscheinlich eine Ente!"

Er griff wieder nach dem Blatt und las die ganze Geschichte noch einmal.

„Aber, was ist das mit dem Landstreicher? Warum zum Teufel jagte er einem Landstreicher nach?"

Plötzlich ließ er sich auf den Operationsdivan niederfallen.

„Er ist nicht nur unsichtbar," sagte er, „sondern verrückt. Mordmanie! ..."

Als die Morgendämmerung ihre bleichen Schatten mit dem Lampenlicht und dem Zigarrendampf vermischte, ging Kemp noch immer im Eßzimmer auf und ab und suchte das Unglaubliche zu fassen.

Er war zu erregt, um zu schlafen. Die Dienstboten, welche schläfrig herunterkamen und ihn unten überraschten, waren der Ansicht, daß er sich überarbeitet habe. Er gab ihnen den außergewöhnlichen, aber nicht mißzuverstehenden Befehl, ein Frühstück für zwei Personen in sein Studierzimmer zu bringen und das Erdgeschoß dann nicht mehr zu verlassen. Dann fuhr er fort, das Speisezimmer zu durchmessen, bis das Morgenblatt kam. Das hatte viel zu sagen und wenig zu berichten; nur eine Bestätigung der am Abend vorher gebrachten Neuigkeiten und einen sehr schlecht geschriebenen Artikel über ein anderes merkwürdiges Ereignis in Port Burdock. Dies gab Kemp einen Begriff von den Vorgängen in „den lustigen Cricketern" und den Namen Marvels. „Vierundzwanzig Stunden lang hat er mich bei sich behalten," bezeugte Marvel. Gewisse kleine Ergänzungen waren der Ipinger Geschichte hinzugefügt, besonders das Durchschneiden der Telegraphendrähte. Aber nichts von alledem warf ein Licht auf die Beziehungen zwischen dem Unsichtbaren und dem Landstreicher – denn Mr. Marvel hatte weder über die drei Bücher, noch über das Geld, welches er bei sich trug, ein Wort verlauten lassen. Der ungläubige Ton war verschwunden, und eine Schar von Reportern und Nachrichtenjägern hatte sich in Bewegung gesetzt, um die Sache klarzulegen.

Kemp las jede Zeile des Berichts und schickte dann das Hausmädchen mit dem Auftrag fort, ihm alle Morgenzeitungen zu bringen, deren sie habhaft werden konnte. Auch diese verschlang er.

„Er ist unsichtbar!“ sagte er. „Und in allem, was man darüber liest, etwas Wildes, das an Wahnsinn grenzt. Was er zu tun imstande wäre! Was er zu tun imstande wäre! Und droben ist er frei wie die Luft. Was soll ich nur tun? Wäre es zum Beispiel ein Wortbruch, wenn ich – – – Nein.“

Er ging zu einem kleinen, unordentlichen Pult in der Ecke und begann eine Karte zu schreiben. Halbfertig, zerriß er sie wieder und schrieb eine andere. Dann überlas er die Zeilen und überlegte noch einmal. Endlich nahm er einen Briefumschlag und adressierte ihn an „Herrn Oberst Adye, Port Burdock.“

Während Kemp schrieb, war der Unsichtbare erwacht. Er war in übler Laune und Kemp, der gespannt auf jeden Ton horchte, hörte ihn durch das Schlafzimmer eilen. Dann wurde ein Stuhl umgeworfen und das Waschbecken zerschmettert. Kemp eilte nach oben und pochte ungestüm.

19. Kapitel
Optische Grundprinzipien

„Was gibt es?“ fragte Kemp, als ihn der Unsichtbare einließ.

„Nichts,“ war die Antwort.

„Aber zum Teufel! Der Lärm?“

„Ein Anfall von übler Laune,“ entgegnete der Unsichtbare. „Ich vergaß meinen Arm; und der schmerzt mich.“

„Sie scheinen zu solchen Anfällen zu neigen?“

„Allerdings.“

Kemp ging durch das Zimmer und las die Glasscherben auf. „Man weiß alles über Sie,“ sagte er dann, die Splitter in der Hand. „Alles, was in Iping und unten am Fuße des Hügels geschehen ist. Die Welt ist sich ihres unsichtbaren Bürgers bewußt geworden. Aber daß Sie hier sind, weiß niemand.“

Der Unsichtbare fluchte.

„Das Geheimnis ist verraten. Ich vermute, daß es ein Geheimnis war. Ich kenne Ihre Pläne nicht, aber ich bin natürlich begierig, Ihnen zu helfen.“

Der Unsichtbare setzte sich auf das Bett.

„Unser Frühstück steht oben,“ sagte Kemp, so unbefangen als möglich, und sah mit Entzücken, daß sein Gast sich willig erhob. Kemp ging auf der engen Treppe zum Studierzimmer voraus.

„Bevor wir gemeinschaftlich arbeiten können,“ sagte Kemp, „muß ich über Ihre Unsichtbarkeit mehr wissen.“ Nachdem er rasch einen einzigen, nervösen Blick durch das Fenster geworfen, ließ er sich mit einer unbefangenen Miene nieder, als ob er seine Aufmerksamkeit ausschließlich der Aussprache mit dem Unsichtbaren zuzuwenden wünschte.

Wieder tauchten ihm Zweifel an der Möglichkeit der ganzen Sache auf, und wieder verschwanden sie, als er zu Griffin hinüberblickte, der, ein kopf- und handloser Schlafrock, am Frühstückstische saß und sich mit einer wie durch ein Wunder gehaltenen Serviette über unsichtbare Lippen fuhr.

„Es ist sehr einfach – und durchaus nicht unglaublich,“ sagte Griffin, die Serviette weglegend.

„Für Sie zweifellos, aber – –“ Kemp lachte.

„Nun, sehen Sie, auch mir schien es zuerst wunderbar. Und jetzt, großer Gott! ... Aber wir werden noch große Dinge vollbringen! Auf den Gedanken kam ich zuerst in Chesilstowe."

„Chesilstowe?"

„Dorthin ging ich, als ich London verließ. Sie wissen, daß ich der Medizin den Rücken kehrte und mich den Naturwissenschaften zuwendete? Nicht? Nun, es war so. Die Lehre vom Licht faszinierte mich."

„Ah!"

„Optische Dichte! Der Gegenstand ist ein Netz von Rätseln – ein Netz, durch welches die Lösungen trügerisch lockend durchschimmern. Und da ich erst zweiundzwanzig Jahre alt und voll Begeisterung war, gelobte ich mir: diesen Forschungen will ich mein Leben weihen. Das ist der Mühe wert. Sie wissen, wie töricht man mit zweiundzwanzig Jahren ist?"

„Heute nicht minder wie damals," sagte Kemp.

„Als ob Wissen dem Menschen wahre Befriedigung gewähren könnte!

Aber ich machte mich an die Arbeit – wie ein Nigger. Und ich hatte kaum ein halbes Jahr gearbeitet und über die Sache nachgedacht, als plötzlich ein blendendes Licht durch eine der Maschen drang. Ich fand ein allgemeines Prinzip der Pigmente und der Strahlenbrechung – eine Formel, einen geometrischen Ausdruck, der vier Dimensionen in sich schließt. Narren, ungebildete Menschen, selbst einfache Mathematiker begreifen nicht, welche Bedeutung eine allgemeine Formel für denjenigen haben kann, der sich mit Molekularlehre befaßt. In meinen Büchern – den Büchern, welche der Landstreicher versteckt hat – stehen Wunder, Offenbarungen! Aber das war noch nicht die Methode, es war nur ein Gedanke, welcher zu einer Methode führen konnte, durch die es möglich sein sollte, ohne sonst eine Eigenschaft des Körpers zu verändern – außer in einigen Fällen die Farben – den Brechungswinkel irgendeines Körpers, sei er nun fest oder flüssig, bis auf denjenigen der Luft herabzusetzen – soweit praktische Zwecke in Frage stehen."

„Hallo!“ sagte Kemp. „Das ist seltsam. Aber ich sehe doch noch nicht ganz – ich begreife, daß Sie auf diese Weise einen wertvollen Stein verderben können – aber von da bis zur eigenen Unsichtbarkeit ist noch ein weiter Weg.“

„Ganz richtig,“ sagte Griffin. „Aber bedenken Sie, daß die Sichtbarkeit von dem Verhalten der sichtbaren Körper zum Licht abhängt. Lassen Sie mich Ihnen die Elementargrundsätze vortragen, als ob Sie dieselben nicht kennen würden. Es wird meine Ansicht klarer machen. Sie wissen sehr wohl, daß ein Körper das Licht entweder absorbiert oder reflektiert oder bricht, oder auch alles dieses zugleich tut. Wenn er das Licht weder reflektiert noch bricht noch absorbiert, kann er nicht durch sich selbst sichtbar sein. Sie sehen zum Beispiel eine undurchsichtige, rote Schachtel, weil die Farbe einen bestimmten Teil des Lichts absorbiert und den Rest, das ganze Rot des Lichts, reflektiert. Wenn sie gar keinen Teil des Lichts absorbieren, sondern das Ganze reflektieren würde, wäre es ein leuchtender, weißer Gegenstand. Silber! Eine Schachtel aus Diamant würde weder viel Licht absorbieren, noch von der Oberfläche reflektieren; nur hie und da würde das Licht, wo es gerade auf günstig geneigte Flächen auffällt, reflektiert und gebrochen werden, so daß man den Eindruck von blendenden Rückstrahlungen und unermeßlichen Tiefen erhielte. Eine Art Lichtskelett. Eine Schachtel aus Glas wäre nicht so glänzend, nicht so deutlich sichtbar wie eine Diamantschachtel, weil die Reflexion und Brechung geringer wären. Ist Ihnen das klar? Von gewissen Punkten aus könnte man ganz ungehindert durchsehen. Einige Glasarten wären deutlicher sichtbar als andere – eine Schachtel aus Flintglas würde heller glänzen als eine aus gewöhnlichem Fensterglas. Eine Schachtel aus sehr dünnem, gewöhnlichem Glas wäre bei schlechter Beleuchtung kaum sichtbar, weil sie das Licht fast gar nicht mehr absorbieren und nur sehr wenig brechen oder reflektieren würde. Und wenn man eine gewöhnliche, weiße Glasscheibe in Wasser oder, noch besser, in irgendeine dichte Flüssigkeit taucht, so verschwindet sie fast ganz, weil das Licht, welches durch das Wasser auf das Glas fällt, nur schwach reflektiert oder gebrochen und auch sonst in keiner Weise affiziert wird. Die Scheibe ist fast so unsichtbar wie Kohlenstoff oder Hydrogen in der Luft. Und zwar aus ganz demselben Grunde!“

„Ja,“ sagte Kemp, „das ist klar. Heutzutage weiß das jeder Schuljunge.“

„Und noch eine andere Tatsache muß jeder Schuljunge kennen. Wenn eine Glasscheibe zerbrochen und zu Pulver zerrieben wird, wird sie viel leichter sichtbar; schließlich wird ein undurchsichtiges, weißes Pulver daraus. Dies entsteht durch die Pulverisierung, wodurch die Glasflächen, auf welchen das Licht gebrochen oder reflektiert wird, vervielfältigt werden. Die Glasscheibe hat nur zwei Flächen, bei dem Pulver wird das Licht von jedem Glaskörnchen reflektiert oder gebrochen, und nur ein sehr kleiner Teil dringt widerstandslos durch das Pulver durch. Wenn aber das weiße, pulverisierte Glas in Wasser getaucht wird, verschwindet es sofort. Das pulverisierte Glas und das Wasser haben so ziemlich denselben Brechungswinkel, das heißt das Licht erleidet eine sehr kleine Brechung oder Reflexion, wenn es von dem einen zu dem anderen übergeht.

Man macht das Glas unsichtbar, indem man es in eine Flüssigkeit taucht, die ziemlich den gleichen Brechungswinkel hat. Also: etwas Durchsichtiges wird undurchsichtig, indem man es in ein Medium von demselben Brechungswinkel bringt. Und wenn Sie nur eine Sekunde darüber nachdenken wollen, so werden Sie einsehen, daß der Glasstaub in der Luft unsichtbar gemacht werden könnte, wenn man imstande wäre, seinen Brechungswinkel demjenigen der Luft gleich zu machen.“

„Ja, ja,“ versetzte Kemp. „Aber der Mensch ist doch kein pulverisiertes Glas.“

„Nein,“ erwiderte Griffin. „Er ist durchsichtiger!“

„Unsinn!“

„Und das sagt ein Mediziner! Wie leicht man vergißt! Haben Sie in diesen zehn Jahren alle Ihre Kenntnisse aus der Physik vergessen? Denken Sie nur an all die Dinge, welche durchsichtig sind und nicht so erscheinen! Papier, zum Beispiel, besteht aus transparenten Fasern und ist nur aus demselben Grunde weiß und undurchsichtig, wie der Glasstaub weiß und undurchsichtig ist. Durchtränken Sie weißes Papier mit Öl, füllen Sie die Zwischenräume zwischen den einzelnen Teilchen mit Öl aus, so daß außer auf der Oberfläche keine Brechung oder Reflexion mehr besteht, und es wird durchsichtig wie Glas. Und nicht allein Papier, auch Leinenfasern, Wollfasern, Holzfasern und Knochen, Kemp; Fleisch, Haar, Nägel und Nerven, Kemp; kurz, alle Teile des menschlichen Körpers bis auf das Rot im Blute und den dunkeln Farbstoff des Haares, bestehen aus einem durchsichtigen, farblosen Gewebe – so wenig genügt, uns einander sichtbar zu machen. Das Faserngewebe eines lebendigen Wesens ist zum größten Teile ebenso durchsichtig als Wasser."

„Natürlich, selbstredend!" rief Kemp. „Ich selbst dachte noch vergangene Nacht an die Larvae im Meere und die Gallertfische!"

„Jetzt sind Sie auf dem Punkte, wo ich Sie haben wollte! Und all dies wußte ich und trug es mit mir herum, ein Jahr, nachdem ich London verlassen hatte – jetzt vor sechs Jahren. Aber ich behielt es für mich. Ich hatte mit fürchterlichen Schwierigkeiten zu kämpfen. Hobbenne, mein Professor, war ein wissenschaftlicher Räuber, ein Ideendieb, ein Mensch, der Ideen stahl und unaufhörlich herumspionierte! Und Sie kennen die gewissen Schleichwege in der gelehrten Welt. Ich wollte einfach nichts veröffentlichen, weil ich ihm an meinem Erfolge keinen Anteil gönnte. Ich arbeitete rastlos weiter. Immer näher kam ich meinem Ziele, meine Theorie durch ein Experiment zu erproben – in Wirklichkeit zu verwandeln. Ich sprach zu keiner lebenden Seele davon, weil ich die Absicht hatte, mein Werk wie einen Blitz in die Welt zu schleudern und mit einem Schlage berühmt zu werden. Um verschiedene Lücken auszufüllen, wandte ich mich der Lehre von den Pigmenten zu und plötzlich – nicht nach langem Forschen, sondern rein zufällig – machte ich eine Entdeckung."

„Ja?"

„Sie kennen den roten Farbstoff im Blute – er kann weiß – farblos – gemacht werden und doch alle seine jetzigen Funktionen beibehalten!"

Kemp stieß einen Ruf ungläubigen Erstaunens aus.

Der Unsichtbare erhob sich und schritt im Zimmer auf und ab. „Sie sind mit Recht verwundert. Ich erinnere mich jener Nacht. Es war spät am Abend – tagsüber mußte man sich ja mit trägen, dummen Studenten abquälen – und ich arbeitete manchmal bis zur Morgendämmerung. Der Gedanke kam mir plötzlich, glänzend und vollkommen. Ich war allein. Das Laboratorium war still und leer. Das Licht brannte mit heller und ruhiger Flamme ... Man könnte ein Tier – ein Zellengewebe – durchsichtig machen! Man könnte es unsichtbar machen! Ganz bis auf die Pigmente. „Ich könnte unsichtbar werden," sagte ich mir und begriff plötzlich den ungeheuren Sinn des Wortes. Es war überwältigend. Ich verließ die Filtriermaschine, an der ich beschäftigt war, und blickte durch das große Fenster zu den Sternen empor. „Ich könnte unsichtbar werden," wiederholte ich mir.

Etwas Derartiges ausführen, hieße Zauberei noch übertreffen. Und ich hatte, von keinen Zweifeln gequält, eine glänzende Vision alles dessen, was Unsichtbarkeit für einen Menschen bedeuten würde. Geheimnis, Macht, Freiheit! Schattenseiten sah ich keine. Denken Sie sich nur! Ich, ein armer, geplagter, obskurer Demonstrator an einer Provinzuniversität, konnte plötzlich – dies werden. Ich frage Sie, Kemp, wenn *Sie* ... Jeder, sage ich Ihnen, hätte sich auf dieses Studium geworfen. Und ich arbeitete drei Jahre lang, und so oft ich einen schwierigen Berg erklommen hatte, türmte sich auf dessen Gipfel ein anderer vor mir auf. Die endlosen Einzelheiten! Und die Verzweiflung! Und der Professor, der immer um mich herumspionierte. „Wann werden Sie Ihr Werk veröffentlichen?" lautete seine ewige Frage. Drei Jahre dauerte es. – –

Und nach drei Jahren geheimer Arbeit und Mühe fand ich, daß es unmöglich sei, es zu vollenden – unmöglich!"

„Warum?"

„Geld," sagte der Unsichtbare und starrte wieder zum Fenster hinaus.

Plötzlich drehte er sich um: „Ich beraubte den alten Mann – meinen Vater.

Das Geld war nicht sein, und er erschoß sich.“

20. Kapitel
Im Hause in Great Portland Street

Für einen Augenblick blieb Kemp still sitzen und blickte starr auf den Rücken der kopflosen Gestalt am Fenster. Dann zuckte er unter einem plötzlichen Gedanken zusammen, erhob sich, nahm den Unsichtbaren beim Arme und führte ihn von dem Fenster weg.

„Sie sind müde,“ sagte er, „und während ich sitze, gehen Sie herum. Nehmen Sie doch meinen Stuhl.“

Er setzte sich zwischen Griffin und das nächste Fenster.

Griffin saß einige Zeit schweigend da, bevor er seine Erzählung wieder aufnahm.

„Als jenes Ereignis eintrat,“ fuhr er fort, „hatte ich Chesilstowe schon verlassen. Es war im vorigen Dezember. Ich hatte ein Zimmer in London gemietet, ein großes, unmöbliertes Zimmer in einem geräumigen, schlecht gehaltenen Zinshause, in einem schmutzigen Winkel nahe Great Portland Street. Meine Stube war mit den Apparaten und Hilfsmitteln, die ich mit dem geraubten Gelde gekauft hatte, gefüllt, und die Arbeit schritt rüstig und erfolgverheißend ihrem Ende entgegen. Ich war wie ein Mensch, der aus einem dichten Walde herauskommt und plötzlich ein ihm unverständliches Schauspiel vor sich sieht. Ich ging zu dem Begräbnisse meines Vaters. Doch hatte ich für nichts auf der Welt Gedanken, als für meine Untersuchungen, und rührte keinen Finger, um seinen guten Namen zu retten. Ich erinnere mich an das Leichenbegängnis, an den billigen Sarg, die kurze Trauerzeremonie, den frostigen Hügel und den Geistlichen, seinen alten Studienkollegen, der den Gottesdienst abhielt.

Ich erinnere mich, wie ich in unser verödetes Heim zurückkehrte, in dem Orte, der einst ein Dorf gewesen war, und welchen habsüchtige

Bauspekulanten jetzt in eine häßliche Stadt verwandelt haben. Ich sehe mich noch selbst, eine hagere, schwarze Gestalt, die einsam auf einem feuchtglänzenden, schlüpfrigen Seitenpfade dem Dorf zuschritt, geistig getrennt von allem, was mir in der Jugend die Heimat lieb und teuer gemacht hatte ...

Als ich in die Hauptstraße einbog, wurde ich noch einmal an mein altes Leben gemahnt. Ich begegnete dem Mädchen, das ich vor zehn Jahren gekannt hatte. Unsere Augen trafen sich ...

Etwas zwang mich, mich umzudrehen und sie anzusprechen. Sie war eine sehr gewöhnliche Person.

Wie ein Traum war dieser Besuch in meinem Heimatsorte. Damals fühlte ich nicht, daß ich vereinsamt war, daß ich die Welt für eine Wüste hingegeben hatte. Erst als ich in mein Zimmer trat, hatte ich die Empfindung, wieder der Wirklichkeit anzugehören. Da waren die Dinge, welche ich kannte und liebte. Da standen meine Apparate und warteten bloß darauf, von mir zu der Endprobe verwendet zu werden. Und bis auf die Ebnung von Kleinigkeiten gab es kaum mehr ein ernstes Hindernis.

Ich will Ihnen früher oder später den ganzen komplizierten Prozeß erklären. Jetzt brauchen wir nicht näher darauf einzugehen. Mit Ausnahme einiger Lücken, die ich absichtlich nur meinem Gedächtnisse eingeprägt habe, ist er in Chiffreschrift in den Büchern, welche jener Landstreicher verborgen hat, niedergeschrieben. Wir müssen ihn einfangen. Wir müssen die Bücher wieder haben. Die eigentliche Aufgabe bestand also darin, den durchsichtigen Gegenstand, dessen Brechungswinkel herabgesetzt werden sollte, bei einer bestimmten Schwingung des Äthers zwischen zwei elektrische Zentren zu stellen, wovon ich später ausführlicher sprechen werde. Nein – keine Röntgenstrahlen; ich glaube auch nicht, daß meine Strahlen schon beschrieben worden sind, und doch sind sie leicht sichtbar. In erster Linie benötigte ich zweier kleiner Dynamomaschinen, die ich mit einem kleinen Gasmotor antrieb. Zu meinem ersten Experimente nahm ich ein Stück weißen Wollstoffes. Es war das seltsamste Ding der Welt, den Stoff beim Aufblitzen der elektrischen Funken weich und weiß vor sich zu sehen und dann zu beobachten, wie er gleich einer Rauchsäule langsam verging und endlich verschwand.

Ich konnte nicht glauben, daß es mir gelungen war. Ich streckte meine Hand ins Leere aus und da fand ich das Ding ebenso kompakt und fest wie früher. Ein unheimliches Gefühl beschlich mich, als ich es in der Hand hielt und ich ließ es fallen. Dann hatte ich viele Mühe, es wieder zu finden.

Und dann kam ein merkwürdiger Versuch. Hinter mir hörte ich miauen, und als ich mich umwendete, erblickte ich eine weiße, magere, sehr schmutzige Katze, die außerhalb des Fensters auf dem Deckel der Regenwassertonne saß. Da kam mir eine Idee. „Du kommst mir eben recht", sagte ich, öffnete das Fenster und lockte die Katze in das Zimmer. Sie kam schnurrend herein – das arme Tier war halb verhungert und ich gab ihr etwas Milch von meinen Speisevorräten, die ich in einem Schranke in der Zimmerecke verwahrte. Nachdem sie getrunken hatte, ging sie suchend im Zimmer umher, augenscheinlich in der Absicht, sich daselbst häuslich einzurichten. Der unsichtbare Wollstoff verwirrte sie ein wenig. Sie hätten nur sehen sollen, wie sie fauchte und darauf los fuhr! Ich machte ihr auf einem Kissen ein Lager zurecht."

„Und Sie verwandelten sie?"

„Ich verwandelte sie. Aber einer Katze Medikamente einzugeben, ist kein Spaß, Kemp! Und der Versuch mißlang."

„Mißlang?"

„Aus zwei Gründen. Erstens wegen der Krallen und zweitens wegen des Farbstoffes rückwärts im Auge der Katzen. Wie heißt er doch?"

„Tapetum."

„Ganz richtig, Tapetum. Er ging nicht weg. Nachdem ich der Katze das zum Bleichen des Blutes erforderliche Mittel eingegeben und gewisse andere Veränderungen an ihr vorgenommen hatte, flößte ich ihr Opium ein und legte sie und das Kissen, auf dem sie schlief, auf den Apparat. Und nachdem alles übrige verschwunden war, blieben zwei kleine, glänzende Punkte in den Augen sichtbar.“

„Seltsam.“

„Ich kann es nicht erklären. Sie war natürlich gebunden und auf ihrem Lager festgemacht, so daß sie mir nicht entwischen konnte. Aber sie war noch halb im Nebel sichtbar, als sie wieder zu sich kam und kläglich zu miauen begann. Da klopfte es an der Türe. Es war eine alte Frau aus dem unteren Stockwerk, die mich im Verdacht hatte, Vivisektionen vorzunehmen – eine dem Trunke ergebene alte Person, die auf der ganzen Welt für niemand Liebe empfand als für ihre Katze. Ich gab dem Tiere etwas Chloroform zu riechen und zeigte mich an der Türe. „Ist hier nicht eine Katze?“ fragte sie. „Meine Katze?“ „Hier nicht“, antwortete ich sehr höflich. Sie war nicht ganz überzeugt und versuchte, an mir vorbei ins Zimmer zu blicken – merkwürdig genug mag es ihr erschienen sein, mit seinen kahlen Wänden, den unverhüllten Fenstern, dem Feldbette, dem leise arbeitenden Gasmotor, den fahlen Blitzen an den Polen der Dynamomaschinen und dem schwachen Chloroformgeruch in der Luft. Endlich mußte sie sich zufrieden geben und fortgehen.“

„Wie lange Zeit nahm es in Anspruch?“ fragte Kemp.

„Drei oder vier Stunden – bei der Katze. Am längsten widerstanden die Knochen, die Sehnen, das Fett und die Spitzen der farbigen Haare. Und wie ich schon sagte, der rückwärtige Teil des Auges, ein zäher, regenbogenfarbiger Stoff, wollte überhaupt nicht verschwinden.

Draußen war es Nacht geworden, lange bevor die Sache vorüber war und von dem Tier war nichts mehr zu sehen als undeutlich die Augen und die Krallen. Ich brachte den Gasmotor zum Stehen, tastete nach dem Tiere, das noch immer besinnungslos lag und streichelte es. Dann löste ich die Schnüre, die es festhielten, ließ es dann, da es ganz erschöpft war, auf dem unsichtbaren Kissen weiterschlafen und ging zu Bett. Doch konnte ich lange keinen Schlaf finden. Ich lag wach und wälzte dummes, sinnloses Zeug in meinem Kopf herum, ging meinen Versuch in Gedanken wieder und wieder durch, und dann träumte ich, daß alles um mich her, sogar der Erdboden, auf dem ich stand, unsichtbar wurde. Gegen zwei Uhr früh begann die Katze zu miauen. Ich versuchte sie zum Schweigen zu bringen, indem ich mit ihr sprach, und dann entschloß ich mich, sie hinauszujagen. Ich erinnere mich an den Schrecken, den ich ausstand, als ich ein Licht anzündete und grünschillernde Augen – und sonst nichts! – vor mir sah. Ich hätte ihr Milch gegeben, aber ich hatte keine mehr. Sie setzte sich neben die Türe und miaute ununterbrochen. Da versuchte ich sie zu fangen, um sie beim Fenster langsam hinauszulassen; sie ließ sich aber nicht ergreifen, sondern verschwand. Dann hörte ich sie in verschiedenen Teilen des Zimmers ohne Unterlaß jammernd miauen. Endlich öffnete ich das Fenster und begann sie zu jagen. Da verließ sie vermutlich das Zimmer. Wenigstens sah und hörte ich nie mehr etwas von ihr.

Dann wanderten meine Gedanken – der Himmel weiß warum – wieder zu dem Begräbnisse zurück und zu dem verlassenen, kahlen Hügel, unter dem mein Vater die letzte Ruhe gefunden hatte. So ging es ununterbrochen fort, bis endlich die Dämmerung anbrach. Ich fühlte, daß ich doch nicht schlafen konnte, so verschloß ich die Türe hinter mir und wanderte in die morgenfrischen Straßen hinaus."

„Wollen Sie damit sagen, daß eine unsichtbare Katze in der Welt frei herumläuft?" fragte Kemp.

„Wenn sie nicht getötet worden ist," sagte der Unsichtbare. „Warum nicht?"

„Allerdings warum nicht?" wiederholte Kemp. „Ich wollte Sie nicht unterbrechen."

„Sie ist wahrscheinlich getötet worden," sagte der Unsichtbare. „Daß sie vier Tage später noch lebte, weiß ich, denn in der Great Tichfield Street kam ich damals zufällig an einer großen Menschenmenge vorbei, die sich an einem Abzugskanal angesammelt hatte, weil man dort lautes Miauen hörte, ohne sich erklären zu können, woher es kam."

Wohl eine Minute schwieg er still. Dann fuhr er unvermittelt fort:

„Des Tages vor der großen Verwandlung entsinne ich mich deutlich. Ich muß die Great Portland Street hinaufgegangen sein. Denn ich erinnere mich an die Kaserne in Albany Street, aus der eben Soldaten herausritten. Endlich fand ich mich in der Sonne auf dem Gipfel von Primrose Hill und fühlte mich sehr krank und sonderbar erregt. Es war ein sonniger Januartag – einer jener sonnig kalten Tage, die den Schneefällen dieses Jahres vorangingen. Mit brennendem Kopfe suchte ich mir meine Lage klarzumachen und einen Plan für die Zukunft zu fassen.

Jetzt, da ich den Preis mit Händen greifen konnte, sah ich mit Erstaunen, wie wenig Vorteile ich mir von dem Erfolg versprach. Tatsächlich war ich überarbeitet. Die Anspannung einer fast vierjährigen angestrengten Arbeit hatte mich geistig und körperlich heruntergebracht. Vergeblich trachtete ich den Enthusiasmus über meine ersten Versuche, meine Leidenschaft für neue Entdeckungen, die mich in den Stand gesetzt hätten, selbst den Tod meines greisen Vaters mit Gleichmut zu ertragen, wiederzugewinnen. An nichts war mir gelegen. Ich sah ziemlich klar, daß dies eine vorübergehende Stimmung war, die von Überanstrengung und Mangel an Schlaf herrührte, und daß es mir entweder durch ärztliche Behandlung oder vollständige Ruhe leicht gelingen würde, meine frühere Energie wiederzufinden. Nur ein Gedanke schwebte mir klar vor: daß die Sache durchgeführt werden mußte. Dieser fixe Gedanke beherrschte mich noch immer. Und zwar mußte sie bald durchgeführt werden, denn mein Geld ging zur Neige. Ich versuchte an die märchenhafte Macht zu denken, über die ein unsichtbarer Mensch auf der Welt verfügen würde.

Endlich schleppte ich mich nach Hause, nahm etwas Nahrung zu mir, dann eine starke Dosis Strychnin und legte mich angekleidet auf mein zerwühltes Bett ... Strychnin ist ein großartiges Mittel, Kemp, um einen Menschen aufzurütteln."

„Es ist ein teuflisches Mittel," sagte Kemp.

„Ich erwachte neugestärkt und sehr erregbar. Sie kennen den Zustand?"

„Ich kenne die Wirkung sehr gut."

„Da klopfte es an die Tür. Es war der Hausherr. Er kam mit Drohungen; ich hätte in der Nacht eine Katze gequält, er wüßte es bestimmt – die Zunge der alten Frau war also geschäftig gewesen – und bestehe darauf, alles darüber zu erfahren. Die Gesetze des Landes gegen die Vivisektion seien streng und er könne deshalb zur Verantwortung gezogen werden. Ich verleugnete die Katze. Dann machte er mir zum Vorwurf, daß das Arbeiten des Gasmotors im ganzen Haus unangenehm bemerkbar sei. Das war allerdings richtig. Dabei spähte er über seine silberne Brille hinweg im ganzen Zimmer umher. Ich bekam plötzlich Angst, daß er etwas von meinem Geheimnis erraten könnte, und suchte mich zwischen ihn und meine Apparate zu stellen. Das machte ihn nur noch neugieriger. Womit ich mich beschäftige? Warum ich immer allein sei, und bei verschlossener Tür arbeite? Sei meine Beschäftigung nicht etwa ungesetzlich oder gefährlich? Ich zahle nur den gewöhnlichen Mietzins. Sein Haus sei immer ein sehr anständiges gewesen – trotz der verrufenen Nachbarschaft. Endlich verlor ich die Geduld. Ich forderte ihn auf, das Zimmer zu verlassen. Er begann zu protestieren und mit großem Wortschwall auf seine Rechte als Hauseigentümer zu pochen. Im nächsten Augenblick hatte ich ihn am Kragen – etwas krachte – und er flog in den Gang hinaus. Ich schlug die Tür zu, verriegelte sie und setzte mich bebend nieder.

Er machte draußen großen Lärm, um den ich mich aber nicht kümmerte, und nach einiger Zeit ging er fort.

Aber das führte in meinen Angelegenheiten zur Krisis. Ich wußte nicht, was er tun würde, nicht einmal, was er zu tun das Recht hatte. In eine neue Wohnung zu ziehen, hätte einen Aufschub bedeutet, auch fehlten mir die Mittel dazu, denn insgesamt besaß ich nur noch zwanzig Pfund, die auf einer Bank lagen. Also verschwinden! Der Gedanke war unwiderstehlich. Dann würde man nachforschen, mein Zimmer durchsuchen ...

Bei dem Gedanken an die Möglichkeit, daß mein Werk auf seinem Höhepunkt vereitelt oder unterbrochen werden könnte, wurde ich zornig und gewann meine ganze Tatkraft wieder. Ich eilte mit meinen drei

Tagebüchern und meinem Scheckbuch – der Landstreicher hat sie jetzt – hinaus und adressierte sie an ein Postamt in Great Portland Street. Dann ging ich nach Hause, suchte geräuschlos mein Zimmer zu gewinnen und ging an die Arbeit.

An jenem Abend und in der darauffolgenden Nacht wurde es vollbracht. Während ich noch unter dem Einfluß der übelerregenden, betäubenden Mittel, die mein Blut entfärben sollten, stand, ertönte wiederholtes Pochen an der Tür. Es verstummte, Fußtritte näherten und entfernten sich wieder, dann pochte es von neuem. Jemand versuchte, unter der Tür etwas ins Zimmer zu schieben – ein blaues Papier. In einem Anfall von Wut erhob ich mich und riß die Tür weit auf. „Was gibt es?" fragte ich.

Es war der Hausbesitzer mit einem amtlichen Kündigungsbogen oder etwas dergleichen. Er reichte ihn mir, sah, wie ich vermute, etwas Auffallendes an meinen Händen und erhob die Augen zu meinem Gesicht.

Einen Augenblick blieb er atemlos stehen. Dann stieß er einen unartikulierten Schrei aus, ließ Licht und Schrift fallen und taumelte durch den dunkeln Gang gegen die Treppe zu.

Ich schloß die Tür, verriegelte sie und ging zum Spiegel. Jetzt begriff ich sein Entsetzen ... Mein Gesicht war weiß – weiß, wie aus Stein gehauen. Aber es war entsetzlich. Auf solche Leiden hatte ich mich nicht gefaßt gemacht. Eine Nacht unsäglicher Schmerzen, begleitet von Übelkeiten und Ohnmachtsanfällen. Ich preßte die Zähne zusammen; obwohl meine Haut, mein ganzer Körper brannte, lag ich da wie der starre Tod. Jetzt verstand ich, warum die Katze gejammert hatte, bevor ich sie chloroformierte. Es war ein Glück, daß ich allein war und ohne Diener wohnte. Es gab Augenblicke, wo ich schluchzte und stöhnte und mit mir selbst sprach. Aber ich gab nicht nach ... Ich verlor das Bewußtsein und erwachte in der Finsternis, matt und erschöpft. Der Schmerz war vorüber. Ich dachte, ich hätte mich getötet, und es lag mir nichts daran. Nie werde ich jene Dämmerstunde vergessen und welches Entsetzen ich fühlte, als ich sah, daß meine Hände wie Milchglas geworden waren und immer dünner und durchsichtiger wurden, bis ich endlich durch sie hindurch die wüste Unordnung in meinem Zimmer sehen konnte, obwohl ich meine durchsichtigen Augenlider schloß. Meine Glieder wurden glasartig, die Knochen und Arterien verschwanden langsam und zum Schluß endlich auch die kleinen, weißen Nervenstränge. Ich knirschte mit den Zähnen und hielt bis zum Ende aus ... Endlich blieben nur die Spitzen der Fingernägel und der braune Fleck von irgendeiner Säure auf meinen Fingern sichtbar.

Ich richtete mich mühsam auf. Erst war ich zum Gehen so unfähig wie ein Wickelkind – ich ging auf Beinen, die ich nicht sah. Ich fühlte mich schwach und sehr hungrig. Als ich zum Spiegel trat, erblickte ich nichts – nichts, bis auf ein dünnes Stückchen Netzhaut, das noch wie ein ganz feiner Nebel sichtbar war. Ich mußte mich auf den Tisch stützen und den Kopf an das Glas pressen.

Nur mit Aufgebot meiner ganzen Willenskraft schleppte ich mich zum Apparat zurück und vollendete den Prozeß.

Ich schlief den Vormittag durch, nachdem ich mir ein Tuch über die Augen gelegt hatte, um das Licht auszuschließen. Gegen Mittag wurde ich durch ein Klopfen geweckt. Meine Kraft war zurückgekehrt. Ich setzte mich auf, horchte und vernahm ein Flüstern. Da sprang ich auf und begann so geräuschlos als möglich meinen Apparat zu zerlegen und die einzelnen Teile im Zimmer zu zerstreuen, um die Möglichkeit seiner Rekonstruktion noch zu verringern. Bald darauf erneuerte sich das Klopfen, und Stimmen ertönten, erst diejenige meines Hauswirtes und dann zwei andere. Um Zeit zu gewinnen, beantwortete ich das Rufen. Das unsichtbare Kissen und der Wollstoff fielen mir in die Hand; ich öffnete das Fenster und warf sie hinaus. In diesem Augenblick wurde ein heftiger Schlag gegen die Tür geführt. Jemand mußte sich darauf geworfen haben, in der Absicht, sie einzurennen. Aber die starken Riegel, mit welchen ich die Tür vor einigen Tagen versehen hatte, widerstanden dem Ansturm. Das versetzte mich in Aufregung – in Wut. Ein Zittern überfiel mich und ich fuhr mit meinen weiteren Zurüstungen eilends fort.

Ich häufte lose Papierblätter, Stroh, Packpapier und andere entzündliche Sachen in der Mitte des Zimmers zusammen und drehte den Gashahn auf. Schwere Schläge fielen auf die Tür nieder. Ich konnte die Zündhölzchen nicht finden und stieß vor Wut mit den Fäusten gegen die Wände. Dann drehte ich das Gas wieder ab, stieg aus dem Fenster auf den Deckel des Regenwasserbehälters und setzte mich, heil und unsichtbar, aber vor Erregung zitternd, nieder, um die weiteren Ereignisse abzuwarten. Ich sah, wie sie die Türfüllung einschlugen, im nächsten Augenblick die Riegel zurückschoben und nun auf der Schwelle standen. Es waren der Hauswirt und seine beiden Stiefsöhne, kräftige junge Männer von drei- oder vierundzwanzig Jahren. Hinter ihnen bewegte sich das alte Frauenzimmer vom unteren Stockwerk unruhig hin und her.

Denken Sie sich das Erstaunen, als sie das Zimmer leer fanden. Einer der jungen Leute stürzte sofort ans Fenster, riß es auf und starrte hinaus. Er war kaum einen Fuß von mir entfernt und ich war versucht, ihm einen Schlag in sein dummes Gesicht zu versetzen, aber ich hielt meine geballte Faust zurück.

Er blickte gerade durch mich hindurch. So auch die andern, welche sich zu ihm gesellten. Der Alte spähte unter das Bett, und dann stürzten sich alle auf den Speiseschrank. Sie vermuteten schließlich, daß ich ihnen früher aus dem Zimmer gar nicht geantwortet habe, daß ihre Sinne sie getäuscht hätten. Ein Gefühl seltsamer Erhebung verdrängte meinen Zorn, während ich draußen vor dem Fenster saß und beobachtete, wie diese vier Leute – denn die alte Frau von unten war jetzt auch in das Zimmer getreten und spähte argwöhnisch umher – das Rätsel meines Daseins zu ergründen trachteten.

Soweit ich das Kauderwelsch verstehen konnte, schienen der alte Mann und die alte Frau einig darüber zu sein, daß ich Vivisektionen vorgenommen habe. Die Söhne behaupteten in verdorbenem Englisch, daß ich ein Elektrotechniker sei, und wiesen zur Begründung ihrer Ansicht auf meine Dynamomaschinen und die Strahlenwerfer hin. Alle aber fürchteten meine Wiederkehr, obwohl sie, wie ich in der Folge fand, die Haustür verriegelt hatten. Nochmals untersuchte die Alte den

Speiseschrank und das Bett. Ein anderer Mieter, ein Obsthändler, der das Zimmer neben dem meinigen mit einem Fleischhauer teilte, erschien auf der Schwelle; er wurde hineingerufen und mußte eine unzusammenhängende Schilderung der Ereignisse über sich ergehen lassen.

Nun fiel mir ein, daß die eigentümlichen Strahlenwerfer, welche ich besaß, wenn sie in die Hände eines scharfsinnigen Fachmannes fielen, zu viel von meinem Geheimnis verraten könnten. Ich nahm daher eine Gelegenheit wahr, stieg durch das Fenster wieder ins Zimmer, warf eine der beiden Dynamomaschinen von ihrem Aufsatz herab und zerbrach beide Apparate. Wie sie zusammenfuhren! ... Dann schlüpfte ich, während sie sich dieses neue Ereignis zu erklären suchten, aus dem Zimmer und stieg sachte hinunter.

Ich ging in eines der Wohnzimmer und wartete bis sie herunterkamen. Sie waren alle nachdenklich gestimmt und etwas enttäuscht, in meinem Zimmer nichts „Schreckliches“ gefunden zu haben. Auch waren sie in Sorge, ob sie sich nicht eine ungesetzliche Handlung gegen mich hatten zuschulden kommen lassen. Sobald sie ins Erdgeschoß hinuntergegangen waren, schlüpfte ich mit einer Schachtel Streichhölzer wieder hinauf, zündete meinen Papierhaufen an, legte die Stühle und das Bettzeug darauf, leitete mittels eines Gummischlauches das Gas hin ...“

„Sie setzten das Haus in Brand?“ rief Kemp aus.

„Ich setzte das Haus in Brand! Es war der einzige Weg, meine Spur zu vernichten, und es war zweifellos versichert. Leise schob ich die Riegel des Haustores zurück und ging auf die Straße hinaus. Ich war unsichtbar und fing eben an, mir der außerordentlichen Vorteile meiner Unsichtbarkeit bewußt zu werden. In meinem Kopfe kreuzten sich schon die Pläne zu den wilden und wunderbaren Taten, die ich jetzt ungestraft ausführen konnte.

21. Kapitel
In Oxford Street

Als ich zum erstenmal hinunterstieg, traf ich auf unvermutete Schwierigkeiten, weil ich meine Füße nicht sah. Ich stolperte zweimal und fand das Treppengeländer nur mit Mühe. Auf ebenem Boden kam ich jedoch, wenn ich nicht zu Boden sah, ganz gut vorwärts. Ich befand mich in einem Zustand höchster Erregung. Ich hatte das Gefühl, welches ein Sehender haben mag, der mit Kleidern, die kein Geräusch verursachen, und mit Lappen an den Füßen eine nur von Blinden bewohnte Stadt betritt. Ich empfand ein wildes Verlangen, Unfug zu treiben, Leute zu erschrecken, sie auf den Rücken zu klopfen, ihnen die Hüte vom Kopfe zu schlagen und überhaupt aus meiner besonders vorteilhaften Lage allen möglichen Nutzen zu ziehen.

Aber kaum war ich in die Great Portland Street gelangt, als ich lautes Zusammenklirren hörte und von rückwärts einen heftigen Stoß erhielt. Als ich mich umwendete, sah ich einen Mann, der einen Korb mit Sodawasserflaschen trug und verblüfft auf seine Last blickte. Obgleich mich der Stoß wirklich verletzt hatte, fand ich sein Erstaunen so unwiderstehlich komisch, daß ich laut auflachte. „Der Teufel steckt in dem Korbe," sagte ich und entwand den Korb seinen Händen. Er ließ ihn widerstandslos fahren und ich hob ihn hoch in die Luft.

Aber ein Narr von einem Kutscher, der vor einem Wirtshaus stand, stürzte plötzlich auf uns zu, und seine ausgestreckte Hand traf mich beim Ohr. Ich ließ das Ganze mit voller Wucht auf ihn niederfallen, und erst, als sich viele Schritte näherten, die Leute aus den Kaufläden traten und Wagen anhielten, wurde es mir klar, was ich angestellt hatte. Meine Torheit verwünschend, lehnte ich mich an ein Auslagefenster und traf Anstalten, dem beginnenden Auflauf auszuweichen. Einen Augenblick später hätte mich die Menge eingeschlossen und ich wäre unfehlbar entdeckt worden. Ich stieß einen Fleischerburschen, der sich glücklicherweise nicht umdrehte, um das Nichts, welches ihn so unsanft berührt hatte, zu suchen, beiseite und flüchtete hinter den Wagen des

Kutschers. Ich weiß nicht, wie die Sache verlief. Eilig kreuzte ich die Straße, und in der Angst vor Entdeckung des Weges kaum achtend, gelangte ich in die belebte Oxford Street.

Ich suchte mit dem Menschenstrom vorwärts zu kommen, aber das Gedränge war zu dicht für mich, und binnen kurzem waren die Fersen meiner Füße von den Leuten wund gestoßen. Ich trat also auf die Fahrstraße hinaus, deren unebenes Pflaster für meine Füße sehr schmerzhaft war. Da traf mich die Deichsel eines vorüberfahrenden Mietwagens heftig am Schulterblatt und erinnerte mich daran, daß ich schon früher nicht unerheblich verwundet worden war. Ein glücklicher Gedanke rettete mich vor weiteren Unfällen. Ich wich dem Wagen schnell aus, entging durch eine rasche Bewegung einem Zusammenstoß mit einem Manne, der eben die Straße überschritt und befand mich nun hinter dem Wagen, dessen Spuren ich unmittelbar folgte, sehr verblüfft über die Wendung, die mein Abenteuer genommen hatte. Ich zitterte nicht nur vor Aufregung, sondern auch vor Kälte. Es war ein heller Januartag; die dünne Kotschicht, die den Boden bedeckte, war nahezu gefroren. So töricht es jetzt auch erscheinen mag, ich hatte nicht bedacht, daß ich sichtbar oder unsichtbar, doch dem Wetter und allen seinen Folgen ausgesetzt blieb.

Da kam mir eine glänzende Idee. Ich lief vor und stieg in den Wagen. Und so fuhr ich, vor Kälte zitternd, mit den ersten Anfängen einer starken Erkältung und den immer schmerzhafter werdenden Verletzungen auf dem Rücken langsam die Oxford Street entlang. Meine Stimmung war von der, in welcher ich vor zehn Minuten meine Wanderung begonnen hatte, himmelweit verschieden. Wenn Unsichtbarkeit dies bedeutete! Nur eines einzigen Gedankens war ich jetzt fähig, wie ich mich aus der Klemme, in der ich mich befand, herausarbeiten könnte?

Wir fuhren langsam weiter, als plötzlich eine Frau, die sechs oder sieben gelbgebundene Bücher trug, den Wagen anrief. Ich sprang gerade zu rechter Zeit heraus, um nicht von ihr entdeckt zu werden. Im Sprunge streifte ich einen Karren, der eben vorüberfuhr. Ich ging die Straße nach Bloomsbury entlang, in der Absicht, mich hinter dem Museum nach

Norden zu wenden, um so in ein ruhigeres Viertel zu gelangen. Mir war jetzt grausam kalt, und die Seltsamkeit meiner Lage machte mich so niedergeschlagen, daß ich während des Laufens leise wimmerte. An der Westecke des Platzes rannte ein kleiner, weißer Hund aus dem Gebäude der Pharmazeutischen Gesellschaft heraus und begann mit gesenkter Schnauze mir nachzuspüren.

Ich war mir früher niemals klar darüber geworden, aber der Geruchsinn ist für den Hund das, was das Auge für einen sehenden Menschen ist. Hunde bemerken durch ihren Geruchsinn einen Menschen, welcher sich bewegt, so wie Menschen seine Bewegungen mit den Augen verfolgen können. Das Tier begann zu bellen und zu springen und gab mir nur zu deutlich zu erkennen, daß es mich bemerkt hatte. Ich kreuzte Great Russel Street, blickte während des Gehens über die Schulter zurück und ging Montague Street ein Stück hinauf, bevor ich entdeckte, in welch mißlicher Lage ich mich befand.

Denn plötzlich vernahm ich die Klänge einer Musikkapelle, und als ich die Straße hinaufblickte, sah ich eine große Anzahl Menschen aus Russel Square herauskommen. Sie trugen rote Jerseyjacken und das Banner der Heilsarmee schwebte ihnen voraus. Eine solche Menge zu durchdringen, konnte ich nicht hoffen; und da ich Furcht davor hatte, mich noch weiter von meiner Wohnung zu entfernen, eilte ich, der Eingebung des Augenblicks folgend, die weißen Stufen eines Hauses, welches dem Museum gegenüberlag, hinan, um dort zu warten, bis das Gedränge vorüber war. Glücklicherweise blieb der Hund bei den Klängen der Musik stehen, zögerte, kehrte dann um und lief nach Hause zurück.

Der Zug kam heran, die Teilnehmer brüllten mit unbewußter Ironie irgendeine Hymne, und es schien mir eine endlose Zeit, bevor die Flut sich an mir vorübergewälzt hatte. „Dum, dum, dum“ ging die Trommel, und für den Augenblick bemerkte ich zwei Straßenjungen nicht, die vor den Stufen neben mir stehenblieben. „Schau her“ sagte der eine. „Auf was soll ich schauen?“ fragte der andere. „Diese Fußtapfen hier – von einem Barfüßigen.“

Ich blickte hinab und sah, daß die beiden Jungen stehengeblieben waren, um auf die schmutzigen Fußspuren zu gaffen, welche ich auf den frisch geweißten Stufen zurückgelassen hatte. Die Vorbeigehenden stießen und drängten sie aus dem Wege, aber ihre verfluchte Neugierde war einmal erregt worden. „Da ist ein barfüßiger Mensch die Stufen hinaufgegangen, oder ich verstehe gar nichts“ sagte der eine. „Und er ist nicht wieder heruntergegangen. Und sein Fuß hat geblutet.“

Das größte Gedränge war schon vorüber. „Sieh her, Ted,“ sagte der jüngere der beiden in dem Ton höchster Überraschung und deutete gerade auf meine Füße. Ich blickte nieder und sah, daß sie durch den sie bedeckenden Kot in ihren Umrissen sichtbar geworden waren. Vor Schreck war ich wie gelähmt.

„Das ist doch sonderbar!“ sagte der ältere. „Höchst sonderbar. Wie das Gespenst eines Fußes, nicht wahr?“ Er zögerte und trat dann mit ausgestreckter Hand vor. Ein Mann blieb stehen, um zu sehen, was er fangen wollte; bald darauf ein Mädchen. In einem Augenblick würde er mich berührt haben. Da sah ich, was ich zu tun hatte. Ich machte einen Schritt, der Bursche fuhr mit einem Schrei zurück, und mit einer schnellen Bewegung schwang ich mich über die Zwischenmauer in die Toreinfahrt des nächsten Hauses. Aber der kleinere Junge war klug genug, die Bewegung zu verfolgen, und noch bevor ich die Stufen ganz hinabgestiegen war und die Straße erreicht hatte, hatte er sich von seiner augenblicklichen Bestürzung erholt und rief laut, daß die Füße hinter der Mauer verschwunden seien.

Sie eilten hin und verfolgten meine frischen Fußspuren über die Treppe bis auf die Straße hinunter.

„Was gibt es?“ fragte jemand.

„Füße! Sehen Sie dort hin! Rennende Füße!“

Alle Leute auf der Straße, meine drei Verfolger ausgenommen, zogen hinter der Heilsarmee her, und dieser Menschenstrom hinderte nicht nur mich, sondern auch sie. Man vernahm verwunderte Ausrufe und Fragen. Auf die Gefahr hin, einen jungen Menschen umzurennen, drang ich durch das Gewühl und lief im nächsten Augenblick, so schnell ich konnte, gegen Russel Square zu, während fünf oder sechs erstaunte Menschen meinen Fußspuren folgten. Ich hatte keine Zeit, ihnen die Sache zu erklären, sonst wäre die ganze Heilsarmee hinter mir hergekommen.

Zweimal bog ich um Ecken, dreimal kreuzte ich die Straße und trat wieder in meine alten Fußspuren. Und als meine Füße heiß und trocken wurden, begannen die feuchten Eindrücke zu verschwinden. Endlich konnte ich einen Augenblick Atem schöpfen, rieb meine Füße mit den Händen rein und entkam auf diese Weise. Das letzte, was ich von meinen Verfolgern sah, war eine Gruppe von einem Dutzend Menschen, die unsagbar verblüfft auf die Fußspuren starrten, die ihnen ebenso unverständlich waren als Robinson Crusoe die Spur im Sande.

Der eilige Lauf hatte mich bis zu einem gewissen Grade erwärmt, und mit neuem Mut setzte ich meinen Weg durch die weniger belebten Straßen fort. Mein Rücken war sehr steif und wund geworden, die Füße schmerzten mich und ich hinkte infolge eines kleinen Schnittes am Fuße. Zur rechten Zeit sah ich einen Blinden herankommen und floh mit Mühe, weil ich seinen feinen Spürsinn fürchtete. Hie und da ereigneten sich zufällige Zusammenstöße, und die Leute blieben verwundert stehen, als ihnen Flüche, deren Ursprung sie nicht ergründen konnten, in die Ohren klangen. Dann fiel etwas still und ruhig auf mein Gesicht; es waren feine Schneeflocken, die langsam die Erde bedeckten. Ich hatte mich erkältet, und so sehr ich mich beherrschte, ich mußte von Zeit zu Zeit niesen. Und jeder Hund, der in meine Nähe kam, gab mir Anlaß zu neuem Schrecken.

Dann eilten Männer und Knaben vorbei und riefen laut, während sie vorüberhasteten. Es brannte. Sie liefen in die Richtung meiner Wohnung und ich sah eine schwarze Rauchsäule über die Dächer und Telephondrähte emporsteigen. Ich war überzeugt, daß in meiner Wohnung das Feuer ausgebrochen war. Meine Kleider, meine Apparate und Hilfsmittel, kurz meine Habe bis auf das Scheckbuch und die drei Tagebücher, welche mich auf dem Postamt erwarteten, waren dort. Es brannte! Wenn je ein Mensch, so hatte ich meine Schiffe hinter mir verbrannt. Das Haus stand in Flammen.“

Der Unsichtbare hielt ein und blieb in Gedanken versunken. Kemp warf einen nervösen Blick durch das Fenster. „Ja," sagte er, „fahren Sie fort."

22. Kapitel
Im Warenhaus

„So begann ich im Januar dieses Jahres, eben als ein Schneesturm loszubrechen drohte – und wenn sich der Schnee auf mir festsetzte, mußte er mich verraten! – erkältet, müde, mit Schmerzen, unsagbar elend und noch immer erst halb von meiner Unsichtbarkeit überzeugt, dieses neue Leben, zu welchem ich verdammt bin. Ich hatte keine Zuflucht, keine Hilfe, kein menschliches Wesen auf der ganzen Welt, welchem ich vertrauen konnte. Hätte ich mein Geheimnis verraten, hätte ich mich selbst zugrunde gerichtet – wäre zu einer bloßen Sehenswürdigkeit, einem Naturwunder herabgesunken. Nichtsdestoweniger war ich unschlüssig, ob ich nicht den ersten besten Vorübergehenden ansprechen und mich seiner Barmherzigkeit anvertrauen sollte. Aber ich kannte nur zu gut den Schrecken, den mein Geständnis hervorrufen würde. Auf der Straße faßte ich keinen Plan. Mein einziger Gedanke war, vor dem Schnee Schutz zu finden, mir Kleider zu verschaffen und mich zu erwärmen; dann konnte ich daran denken, Pläne zu machen. Aber die Häuser in London waren alle verschlossen und verriegelt und selbst für mich Unsichtbaren unzugänglich.

Da kam ich auf einen glänzenden Gedanken. Ich kehrte um und ging durch die Gower Street bis zum Omnium, dem großen Warenhaus, in dem man alles kaufen kann – Sie kennen es wohl: Fleisch, Grünzeug, Wäsche, Möbel, Kleider, selbst Ölgemälde. Ich hatte gehofft, die Türen offen zu finden, aber sie waren geschlossen. Als ich in der großen Einfahrt stand, hielt ein Wagen draußen und ein Mann in Uniform – Sie kennen die Leute mit „Omnium" auf den Mützen – riß die Tür auf. Es gelang mir, hineinzukommen; ich ging durch das Magazin durch – es war die Abteilung, in der man Bänder, Handschuhe, Strümpfe und dergleichen verkauft – und gelangte in eine noch geräumigere Region, wo alle erdenklichen Korbwaren aufgestellt waren.

Aber auch dort fühlte ich mich nicht sicher, denn fortwährend kamen und gingen Menschen, und ich wanderte ruhelos umher, bis ich zu einer riesigen Abteilung in einem oberen Stockwerk gelangte, welche ungeheure Mengen von Bettstellen enthielt. Ich kletterte über diese hinüber und fand endlich einen Ruheplatz zwischen aufgehäuften Matratzen. Der Raum war schön beleuchtet und behaglich warm, und ich beschloß, hier versteckt zu bleiben und ein wachsames Auge auf das halbe Dutzend Verkäufer und die paar Kunden zu haben, bis die Zeit zum Schließen kommen würde. Dann würde es mir möglich sein, dachte ich, mich dort nach Nahrung, Kleidung und einer Maske umzusehen, das Haus zu durchsuchen und vielleicht auf dem Bettzeuge dort zu schlafen. Der Plan schien mir annehmbar. Meine Absicht war, mir Kleider zu verschaffen, mich in nicht zu auffälliger Weise zu vermummen, Geld zu nehmen, meine Bücher und Pakete abzuholen, dann irgendwo eine Wohnung zu mieten und einen Plan zur vollständigen Ausnutzung der Vorteile, welche mir, wie ich noch immer dachte, meine Unsichtbarkeit über meine Mitmenschen gab, auszuarbeiten.

Die Sperrstunde kam schnell genug heran. Ich kann nicht mehr als eine Stunde auf den Matratzen gelegen sein, als die Fensterladen geschlossen und die Kunden hinausgeleitet wurden. Und dann begann eine Anzahl junger Leute mit anerkennenswerter Schnelligkeit die in Unordnung gebrachten Waren zurechtzulegen. Sowie sich das Warenhaus leerte, verließ ich mein Versteck und stieg vorsichtig in die weniger öden Abteilungen im unteren Stockwerk hinab. Ich war wirklich überrascht, zu sehen, wie schnell die jungen Leute die Waren einräumten, die Stühle auf die Ladentische stellten und sich mit einem Ausdruck von Lebhaftigkeit, wie ich ihn noch selten an Verkäufern gesehen hatte, den Türen zuwandten. Dann kam eine ganze Menge Lehrjungen mit Besen und Staubwedeln, um rein zu machen, und endlich, eine gute Stunde, nachdem das Etablissement geschlossen worden war, hörte ich die Riegel vorschieben. Stille lagerte sich über den Ort, und ich wanderte durch die weiten Magazine, Galerien, Verkaufsräume – einsam und allein.

Mein erster Gang galt dem Ort, an dem man Strümpfe und Handschuhe zum Verkauf ausgeboten hatte. Es war dunkel und ich suchte mühsam nach Zündhölzchen; endlich fand ich welche in einer Schublade des Kassenpultes. Dann mußte ich mir eine Kerze suchen. Ich war gezwungen, die Hüllen herunterzureißen und eine Menge Schubladen in Unordnung zu bringen; aber endlich gelang es mir zu finden, was ich suchte. Die Aufschrift auf dem Kasten, aus dem ich sie nahm, lautete: „Wolljacken und Wollwesten". Dann nahm ich Socken, ein dickes Halstuch und aus der Kleiderabteilung Beinkleider, eine lange Jacke, einen Überrock und einen breitrandigen Hut mit abwärts gebogener Krempe. Ich begann mich wieder als Mensch zu fühlen, und mein nächster Gedanke war auf Speise und Trank gerichtet.

Oben war eine Abteilung für Erfrischungen, und dort fand ich kaltes Fleisch. In einer Kanne war noch Kaffee; ich zündete das Gas an und wärmte ihn wieder, und alles in allem ging es mir nicht schlecht. Nachher, als ich den Ort nach Bettüchern durchsuchte – ich mußte mich schließlich mit Daunenkissen begnügen – stieß ich auf eine große Menge von Schokolade, verzuckerten Früchten – mehr als gut für mich war – und etwas weißen Burgunder. In der Nähe war ein Spielwarenlager, und ich kam auf einen glänzenden Gedanken. Ich fand dort künstliche Nasen – für Faschingsmaskeraden – und machte mich auf die Suche nach einer dunklen Brille. Aber das Omnium hatte keine optische Abteilung. Meine Nase hatte mir wirklich Sorgen gemacht. Ich hatte ursprünglich an Schminke gedacht. Aber meine Entdeckung ließ mich mehr an Perücken und Masken denken. Endlich legte ich mich, warm und behaglich, in meinen Daunenkissen zur Ruhe.

Meine letzten Gedanken vor dem Einschlummern waren die angenehmsten, die ich seit meiner Verwandlung gehabt hatte. Ich befand mich in einem Zustande physischer Befriedigung, der sich meinem Geiste mitteilte. Ich dachte, daß es mir gelingen würde, am nächsten Morgen in meinen Kleidern unbemerkt zu entschlüpfen, mein Gesicht mit einem

Tuch, welches ich zu diesem Zweck genommen hatte, zu bedecken, mit dem zusammengerafften Gelde Augengläser zu kaufen und so meine Verkleidung zu vervollkommnen. Ich verfiel in unzusammenhängende Träume über all die phantastischen Ereignisse der letzten Tage. Ich sah den häßlichen Kerl, meinen Hauswirt, in seinem Zimmer fluchen; ich sah seine beiden Söhne und das faltige Gesicht der Alten, die nach ihrer Katze fragte. Dann stand ich wieder auf dem zugigen Hügel und hörte den alten Geistlichen an meines Vaters offenem Grabe murmeln: „Erde zur Erde, Asche zu Asche, Staub zu Staub."

„Auch du," sagte eine Stimme, und plötzlich wurde ich gegen das Grab gedrängt. Ich wehrte mich, schrie, rief die Trauergäste um Hilfe an, aber diese folgten mit unerschütterlicher Aufmerksamkeit dem Gottesdienst. Auch der alte Geistliche wich und wankte nicht. Ich entdeckte, daß ich unsichtbar und unhörbar war und überirdische Mächte ihre Hand auf mich gelegt hatten. Umsonst widerstrebte ich, ich wurde über den Rand gedrängt, der Sarg klang hohl, als ich auf ihn fiel, und eine Schaufel Erde nach der andern wurde mir nachgeworfen. Niemand achtete meiner, niemand gewahrte mich. Ich machte eine verzweifelte Bewegung des Widerstandes und erwachte.

Die bleiche Londoner Dämmerung war angebrochen, das Haus war von einem kalten, grauen Licht erfüllt, das sich durch die Fensterläden hindurchstahl. Ich richtete mich auf und eine Zeitlang konnte ich mich nicht besinnen, wie ich in diesen weiten Raum mit den Zahltischen, den aufgestapelten Waren und den Haufen von Kissen hineingeraten war. Dann, als mein Erinnerungsvermögen zurückkehrte, hörte ich Stimmen im Gespräch.

Weit von mir sah ich in dem helleren Licht einer Abteilung, wo die Vorhänge schon zurückgezogen waren, zwei Männer, die ihre Schritte nach meinem Zufluchtsort lenkten. Ich sprang auf die Füße und blickte mich nach einem Versteck um; schon aber hatte sie das Geräusch meiner Bewegung aufmerksam gemacht. Ich vermute, daß sie nur eine Gestalt sahen, die sich geräuschlos entfernte. „Wer ist da?" rief der eine, und „Halt!" schrie der andere. Ich flog um eine Ecke und kam geradeswegs –

eine Gestalt ohne Gesicht, bedenken Sie das! – auf einen schlanken, fünfzehnjährigen Burschen zu. Er schrie gellend auf, ich warf ihn zu Boden, eilte an ihm vorbei, bog um eine andere Ecke und warf mich, einer glücklichen Eingebung folgend, hinter einem Ladentisch flach nieder. Im nächsten Augenblick kamen eilige Schritte an mir vorbei und ich hörte Stimmen rufen: „Alle zu den Türen!“

Während ich am Boden lag, verließ mich die Überlegung vollständig. So seltsam es scheinen mag, in jenem Augenblick fiel mir nicht ein, meine Kleider auszuziehen, was das klügste gewesen wäre. Wahrscheinlich hatte ich es mir in den Kopf gesetzt, in denselben zu entfliehen, und diese Idee beherrschte mich. Und dann ertönte ein Schrei unmittelbar vor mir: „Hier ist er!“

Ich sprang auf, ergriff einen Stuhl vom Ladentisch, wirbelte ihn durch die Luft und ließ ihn schwer auf den Kerl niederfallen, der gerufen hatte. Als ich um die Ecke biegen wollte, traf ich auf einen andern, schlug auch ihn nieder und eilte die Treppe hinauf. Der Bursche eilte mir nach, rief laut „Achtung!“ und stieg dicht hinter mir die Treppe hinauf. Da bemerkte ich auf einem Gestell einen Haufen hellfarbiger Töpfe, ergriff einen derselben, wandte mich auf der letzten Stufe um und ließ ihn schmetternd auf seinen dummen Schädel niederfallen. Die ganze Reihe Töpfe polterte herunter und ich hörte von allen Seiten verworrenes Schreien und eilende Schritte. In tollem Lauf rannte ich nach dem Büfettzimmer; dort war ein weißgekleideter Mann, vermutlich ein Koch, der die Jagd von neuem begann. Ich machte eine letzte, verzweifelte Wendung und fand mich zwischen Lampen und Eisenwaren. Ich floh hinter den Ladentisch, erwartete dort meinen Koch, und als dieser an der Spitze der Verfolger in der Tür erschien, warf ich eine Lampe auf ihn. Er stürzte zu Boden und ich kroch wieder hinter den Ladentisch und begann, so schnell ich konnte, mich meiner Kleider zu entledigen. Rock, Weste, Beinkleider, Schuhe gingen leicht, aber ein Schafwollleibchen sitzt fester. Ich hörte wieder Menschen kommen, mein Koch lag regungslos auf der andern Seite des Tisches und ich mußte ein neues Versteck suchen.

„Hierher, Schutzmann!“ hörte ich jemand rufen. Ich fand mich wieder in meinem Bettwarenlager, an das sich eine unendliche Flucht von Abteilungen mit Kleidern anschloß. In diese stürzte ich hinein, wurde mein letztes Kleidungsstück nach verzweifeltem Zerren endlich los und stand wieder als ein freier Mann, aber keuchend und erschöpft, vor dem Schutzmann und den drei Verkäufern, welche eben um die Ecke bogen. Sie stürzten sich auf meine Jacke und packten meine Beinkleider. „Er wirft seinen Raub weg,“ sagte einer der jungen Leute. „Er *muß* irgendwo hier sein!“

Aber sie fanden mich doch nicht.

Ich beobachtete die Jagd noch einige Zeit und verfluchte mein Mißgeschick, durch welches ich die Kleider wieder verloren hatte. Dann ging ich in den Büfettraum, trank dort ein wenig Milch, setzte mich ans Feuer und überdachte meine Lage.

Ein kleines Weilchen später kamen zwei Leute herein und begannen die Ereignisse sehr aufgeregt zu besprechen. Ich hörte eine übertriebene Aufzählung aller meiner Missetaten und alle möglichen Vermutungen über meine Person. Dann fing ich wieder an, Pläne zu schmieden. Jetzt, da das Haus alarmiert war, wäre es unendlich schwierig gewesen, irgendetwas daraus zu entwenden. Ich ging in den Packraum hinab, um zu sehen, ob es möglich wäre, ein Paket zu packen und an mich zu adressieren, aber ich verstand die Art des Versandes nicht. Gegen elf Uhr begann es zu tauen, und da das Wetter schöner und etwas wärmer als am vorhergehenden Tage war, gab ich das Warenhaus als hoffnungslos auf und ging wieder auf die Straße hinaus, verzweifelt über meinen Mißerfolg und ganz und gar im Ungewissen, was ich nun beginnen sollte.“

23. Kapitel
In Drury Lane

„Sie werden jetzt,“ fuhr der Unsichtbare fort, „alle Nachteile meiner Lage begreifen. Ich hatte kein Obdach, kein Gewand – und Kleider anlegen, hieß so viel, als mich aller meiner Vorteile zu begeben, und etwas Seltsames und Fürchterliches aus mir zu machen."

„Daran hatte ich gar nicht gedacht," sagte Kemp.

„Auch ich nicht. Und der Schnee hatte mir auch andere Gefahren gezeigt. Ich konnte im Schnee nicht umhergehen; er hätte sich auf mir festgesetzt und mich verraten. Auch der Regen hätte mich als den wäßrigen Umriß eines Menschen – eine Art Seifenblase – sichtbar gemacht. Überdies sammelte sich – wenn ich in London umherging – Schmutz an meinen Knöcheln, Staub auf meiner Haut. Ich wußte nicht, wie lange es dauern würde, bis ich auch infolge dieses Umstandes sichtbar werden würde. Aber ich wußte recht wohl, daß es nicht gar zu lange währen könnte."

„Keinesfalls lange in London."

„Ich ging durch verschiedene Hintergäßchen gegen die Great Portland Street zu und war bald am Ende der Straße, in der ich gewohnt hatte, angelangt. Dort machte ich halt, weil noch immer eine große Menschenmenge die rauchenden Trümmer des Hauses umstand, welches ich in Brand gesteckt hatte. Meine vornehmlichste Sorge war, mir Kleider zu verschaffen. Ich sah in einem der kleinen Trödlergeschäfte, wo Zeitungen, Süßigkeiten, Spielzeug, Papierwaren, Christschmuck usw. feilgeboten werden, eine Reihe von Masken und falschen Nasen und kam wieder auf den Gedanken zurück, den die Spielwaren im Basar in mir hervorgerufen hatten. Nicht länger ziel- und planlos, wendete ich mich um und lenkte meine Schritte, die belebten Straßen vorsichtig vermeidend, nach den Hintergäßchen am Strand; denn ich erinnerte mich dunkel, in jener Gegend verschiedene Verkaufsläden mit Theaterkostümen gesehen zu haben.

Es war ein kalter Tag und ein scharfer Nordwind fegte durch die Straßen. Ich ging schnell, um von niemand überholt zu werden. Jede Kreuzung brachte Gefahr, jeder Passant mußte aufmerksam beobachtet werden. Überdies hatte ich mich von neuem erkältet und lebte in fortwährender Angst, daß mein Niesen die Aufmerksamkeit auf sich lenken könnte.

Endlich erreichte ich das Ziel meines Suchens, einen schmutzigen, kleinen Laden in einer Seitengasse von Drury Lane, mit einem Schaufenster voll Theaterflitter, falscher Juwelen, Perücken, Schuhe und Dominos. Der Laden war altmodisch, dunkel und niedrig und lag in einem unfreundlichen, dunkeln, vierstöckigen Hause. Ich spähte durch das Fenster, sah niemand drinnen und trat ein. Das Öffnen der Tür setzte eine lärmende Glocke in Bewegung. Ich ließ die Tür offen und ging um eine leere Kleiderpuppe herum hinter einen hohen Stehspiegel in eine Ecke des Ladens. Eine Minute lang zeigte sich nichts. Dann hörte ich schwere Tritte durch ein Zimmer gehen und ein Mann erschien im Laden.

Ich hatte jetzt alles genau überlegt. Meine Absicht war, mich ins Haus einzuschleichen, und wenn alles ruhig sein würde, mir eine Perücke, Maske, Brille und einen Anzug zu suchen und mich der Welt in einer vielleicht komischen, aber immerhin annehmbaren Gestalt zu zeigen. Bei dieser Gelegenheit konnte ich natürlich auch alles Geld, das ich fand, an mich nehmen.

Der Mann, der den Laden betreten hatte, war klein und bucklig, hatte buschige Augenbrauen, lange Arme und sehr kurze, krumme Beine. Augenscheinlich hatte ich ihn bei seinem Mahl gestört. Er blickte mit dem Ausdruck der Erwartung im Laden umher. Dieser gab einem Ausdruck der Überraschung und endlich des Zornes Raum, als er den Laden leer sah. „Verdammte Buben!" sagte er. Er ging zur Tür und blickte die Straße hinauf und hinunter. Bald darauf kam er zurück, stieß die Ladentür zornig mit dem Fuß zu und ging fluchend zu der Tür, die in das Innere des Hauses führte.

Ich trat vor, um ihm zu folgen. Bei dem Geräusch meiner Bewegungen hielt er plötzlich inne. Auch ich blieb, von seinem feinen Gehör überrascht, stehen. Dann schlug er mir die Tür vor der Nase zu.

Ich zögerte. Plötzlich hörte ich, wie sich seine Schritte rasch wieder näherten und die Tür aufs neue geöffnet wurde. Er sah im Laden umher, wie jemand, der seiner Sache nicht ganz sicher ist. Dann untersuchte er, leise vor sich hinsprechend, den Ladentisch, blickte in alle Ecken und blieb endlich unentschlossen stehen. Er hatte die Tür offen gelassen, und ich schlüpfte in das Haus.

Das Zimmer, das ich betrat, war ein armseliger, kleiner Raum mit einem Haufen großer Masken in der einen Ecke. Auf dem Tisch stand sein verlassenes Frühstück und es war eine bittere Aufgabe für mich, Kemp, den Duft des Kaffees einzuatmen und auf der Lauer zu stehen, während er zurückkehrte und seine Mahlzeit fortsetzte. Drei Türen gingen aus dem kleinen Raum, eine führte zum ersten Stockwerk und eine hinunter, aber alle waren geschlossen. Ich konnte nicht aus dem Zimmer, solange er drinnen blieb. Er war so wachsam, daß ich mich kaum bewegen durfte. Mein Rücken war der Zugluft ausgesetzt, und zweimal unterdrückte ich ein Niesen gerade noch zur rechten Zeit.

Die Beobachtungen, welche ich als ungesehener Zuschauer machte, waren neu und interessant, aber trotzdem war ich ihrer herzlich müde und ungeduldig, lange bevor er seine Mahlzeit beendet hatte. Endlich war er fertig, legte die Reste seines Brotes und die Krumen, die er von dem senfbefleckten Tischtuch aufgelesen hatte, auf die schwarze Zinnplatte, auf welcher die Teekanne stand, und nahm alles mit sich hinaus. Seine Last verhinderte ihn, die Tür hinter sich zu schließen – wie er gewiß gern getan hätte. Ich habe niemals jemand gesehen, der auf das Schließen von Türen so erpicht gewesen wäre wie dieser Mann. Ich folgte ihm in eine sehr schmutzige, im Souterrain gelegene Küche, wo ich das Vergnügen hatte, ihm zuzusehen, wie er das Geschirr abzuwaschen begann. Dann stieg ich, als ich fand, daß ich auf dem Steinboden kalte Füße bekam und mein Warten nutzlos war, wieder hinauf und setzte mich in seinen Stuhl beim Kamin. Das Feuer brannte schlecht und ich legte gedankenlos ein wenig Kohle auf. Das Geräusch brachte ihn sofort herauf und er suchte das ganze Zimmer ab – auf ein Haar hätte er mich berührt. Selbst nach eingehender Untersuchung schien er nicht befriedigt. Er blieb auf der Schwelle stehen und warf einen Blick zurück, ehe er wieder hinunterging.

Eine Ewigkeit mußte ich in dem kleinen Wohnzimmer warten; endlich kam er herauf und öffnete die Tür, die zum oberen Stockwerk führte. Ich folgte ihm unmittelbar auf den Fersen.

Auf der Treppe blieb er plötzlich stehen, so daß ich beinahe in ihn hineingestoßen wäre. Er wendete sich um, blickte mir gerade ins Gesicht und lauschte. „Ich hätte schwören können," sagte er. Er legte die lange, haarige Hand an die Unterlippe und blickte die Treppe hinauf und hinunter. Dann brummte er etwas vor sich hin und stieg wieder aufwärts.

Die Hand auf der Türklinke blieb er von neuem stehen, mit demselben zornig-erstaunten Ausdruck im Gesicht. Er begann meine leisen Bewegungen zu gewahren – der Mann muß teuflisch feine Ohren gehabt haben. Plötzlich brach er in Wut aus.– – „Wenn jemand hier im Hause ist ..." rief er mit einem Fluch, ohne die Drohung zu beendigen. Er steckte die Hand in die Tasche, fand nicht, was er suchte, und eilte geräuschvoll an mir vorüber die Treppe hinunter. Ich folgte ihm nicht, sondern setzte mich auf die oberste Stufe und wartete seine Rückkehr ab.

Bald kam er wieder herauf, noch immer vor sich hinsprechend. Er öffnete die Tür des Zimmers und schlug sie, bevor ich noch eintreten konnte, rasch hinter sich zu.

Ich beschloß nun, das Haus zu durchstöbern; es war sehr alt und baufällig, so dumpfig, daß sich die Tapeten von den Mauern lösten, und voll von Ratten. Die Türangeln waren verrostet und ich fürchtete mich, die Türen zu öffnen. Mehrere Zimmer waren unmöbliert, in anderen lag Theaterkram herum. In einem Zimmer fand ich einen Haufen alter Kleider, die ich zu durchstöbern begann. In meinem Eifer vergaß ich sein scharfes Gehör vollkommen. Ich hörte leise Tritte und blickte gerade zur richtigen Zeit auf, um ihn mit einem altmodischen Revolver in der Hand zu erblicken. Ich verhielt mich ganz still, während er mit offenem Munde argwöhnisch umherschaute. „Das muß *sie* gewesen sein," sagte er langsam. „Verflucht!"

Leise schloß er die Tür und unmittelbar darauf hörte ich, wie der Schlüssel rasch umgedreht wurde. Dann verklangen seine Schritte und ich wurde mir plötzlich bewußt, daß ich eingeschlossen war. Eine Minute lang wußte ich nicht, was ich beginnen sollte. Ratlos ging ich von der Tür zum Fenster und wieder zurück. Endlich entschloß ich mich, vor allem andern die Kleider zu untersuchen, dabei warf ich aus einem oberen Fach einen ganzen Stoß zu Boden. Dies brachte ihn, noch finsterer blickend, zurück. Diesmal berührte er mich sogar, sprang erschreckt zurück und blieb fassungslos in der Mitte des Zimmers stehen.

Bald beruhigte er sich. „Ratten," flüsterte er, die Hand an die Lippen legend. Ich glitt leise aus dem Zimmer, aber ein Brett knackte unter meinen Füßen. Dann ging der teuflische kleine Kerl im ganzen Hause herum, sperrte alle Türen ab und steckte die Schlüssel in die Tasche. Als ich mir über seine Absichten klar wurde, bekam ich einen Wutanfall – ich konnte mich kaum so lange beherrschen, bis meine Zeit gekommen war. Jetzt wußte ich schon, daß er allein im Hause sei, so machte ich keine Umstände weiter und schlug ihn nieder."

„Was?" rief Kemp.

„Ja, ich schlug ihn nieder, während er die Treppe hinabging. Von rückwärts, mit einem Stuhle, der im Flur stand. Er fiel die Treppe hinunter wie ein Sack."

„Aber hören Sie! Die allgemeinen Gesetze der Menschlichkeit – –"

„Sind sehr gut und wohltätig für gewöhnliche Menschen. Aber die Sache war, Kemp, daß ich aus dem Hause mußte, ohne daß er mich bemerkte, und zwar in einer Verkleidung. Einen anderen Ausweg gab es nicht. Und dann knebelte ich ihn mit einer Louis-Quartorze-Weste und band ihn in ein Betttuch ein!"

„In ein Betttuch!"

„Machte eine Art Bündel aus ihm. Es war eine ziemlich gute Idee; denn so brachte ich den Esel zum Schweigen und machte es ihm verteufelt schwer, wieder herauszukommen. Mein lieber Kemp, es nützt nichts, daß Sie dasitzen und mich anstarren, als ob ich einen Mord begangen hätte.

Er hatte einen Revolver. Wenn er mich einmal gesehen hätte, hätte er mich auch beschreiben können."

„Und doch," sagte Kemp, „in England – heutzutage! Und der Mann war in seinem eigenen Hause, und Sie – nun ja! Sie beraubten ihn!"

„Berauben! Was Teufel! Nächstens werden Sie mich einen Dieb nennen. Sie sind doch gewiß nicht so töricht, noch nach der alten Pfeife zu tanzen. Können Sie meine Lage nicht begreifen?"

„Aber auch die seinige!" sagte Kemp.

Der Unsichtbare erhob sich. „Was wollen Sie damit sagen?"

Ein Ausdruck der Entschlossenheit trat auf Kemps Gesicht. Er wollte sprechen, bezwang sich aber. „Schließlich," sagte er in plötzlich verändertem Ton, „mußte es wohl geschehen. Sie befanden sich in einer Zwangslage. Und doch – –"

„Natürlich war ich in einer Zwangslage – in einer höllischen Zwangslage! Und er brachte mich zur Verzweiflung mit seinem Revolver und dem Öffnen und Versperren der Türen. Sie tadeln mich nicht, nicht wahr? Sie machen mir deshalb keine Vorwürfe?"

„Ich mache niemals jemandem Vorwürfe," erwiderte Kemp. „Das ist ganz unmodern. Was taten Sie dann?"

„Ich war hungrig. Unten fand ich einen Laib Brot und etwas Käse – mehr als genug, um meinen Hunger zu stillen. Ich nahm auch etwas Branntwein mit Wasser und dann ging ich an dem großen Bündel vorbei – es lag ganz still – in das Zimmer mit den alten Kleidern. Dort blickte ich durch eine Spalte im Vorhang zum Fenster hinaus. Draußen war hellichter Tag – blendend hell, im Vergleich mit den dunklen Schatten des unfreundlichen Hauses, in dem ich mich befand. Meine Erregung wich langsam dem klaren Bewußtsein meiner Lage.

Ich begann das Haus systematisch zu durchsuchen. Ich vermutete, daß der Bucklige schon einige Zeit allein dort gewohnt haben mußte. Er war ein sonderbarer Kauz. – Alles, was mir möglicherweise von Nutzen sein konnte, trug ich in das Zimmer mit den Kleidern, um dort eine sorgfältige Auswahl zu treffen.

Ich hatte daran gedacht, mein Gesicht und alles, was von mir sichtbar sein sollte, zu schminken und zu pudern; dies hätte aber den Nachteil gehabt, daß ich Terpentin und andere Mittel und ziemlich viel Zeit gebraucht hätte, um mich wieder unsichtbar zu machen. Endlich wählte ich eine etwas besser geformte Nase, die nicht lächerlicher war als die vielen anderen menschlichen Nasen, dunkle Augengläser, einen grauen Backenbart und eine Perücke. Unterkleider fand ich keine, aber die konnte ich später kaufen; so nahm ich inzwischen einen Domino und einige weiße Halstücher. Auch Socken suchte ich vergeblich, aber die Schuhe des Buckligen waren ziemlich weit und genügten mir. In der Geldlade unten waren drei Sovereigns und 30 Schilling in Silber, und in einem versperrten Kasten, den ich aufbrach, acht Pfund in Gold. So konnte ich, neu ausgestattet, wieder in die Welt hinausgehen.

Dann zögerte ich wieder. War meine Erscheinung wirklich glaubwürdig? Ich versuchte es, mich in dem kleinen Schlafzimmerspiegel von allen Seiten zu betrachten, ob nicht irgendwo eine Lücke klaffe, aber alles schien in Ordnung zu sein. Ich war eine groteske Figur, wie man sie auf dem Theater zu sehen pflegt, aber sicher keine physische Unmöglichkeit. Dann schloß ich die Fensterladen und unterzog mit Hilfe des großen Stehspiegels meine ganze Gestalt einer genauen Untersuchung.

Es dauerte einige Minuten, bis ich den Mut fand, die Tür aufzuschließen und auf die Straße hinauszutreten. Der kleine Mann sollte sich aus dem Tuch wickeln, wann er wollte. Nach fünf Minuten lagen ein Dutzend Straßenbiegungen zwischen mir und dem Laden. Ich schien nicht besonders aufzufallen. Die letzte Schwierigkeit schien beseitigt."

Er hielt wieder ein.

„Und Sie kümmerten sich nicht weiter um den Buckligen?" fragte Kemp.

„Nein," erwiderte der Unsichtbare. „Ich habe auch niemals gehört, was aus ihm wurde. Ich vermute, daß er sich losband oder das Tuch zerriß. Die Knoten waren ziemlich fest."

Er schwieg, ging ans Fenster und blickte hinaus.

„Was geschah, als Sie hinauskamen?"

„O! Nichts als Enttäuschungen erlebte ich. Ich dachte, meine Leiden wären vorüber. Tatsächlich glaubte ich ungestraft tun zu dürfen, was ich wollte – nur mein Geheimnis durfte ich nicht verraten. So dachte ich. Was ich nun tat, welche Folgen meine Handlungen auch haben mochten – mir galt es gleich. Ich brauchte nur meine Kleider abzulegen und zu verschwinden. Niemand konnte mich halten. Ich konnte mir Geld nehmen, wo ich es fand. Ich beschloß, mir ein besonders gutes Mahl zu gönnen, dann wollte ich in einem guten Hotel absteigen und meine Garderobe ergänzen. Ich war erstaunlich hoffnungsselig; es ist nicht besonders angenehm, erzählen zu müssen, was für ein Esel ich war. Ich ging in ein Gasthaus und war schon nahe daran, mein Frühstück zu bestellen, als ich mich besann, daß ich nicht essen konnte, ohne mein unsichtbares Gesicht zu zeigen. So sagte ich dem Mann, daß ich in zehn Minuten zurück sein würde, und ging verzweifelt fort. Ich weiß nicht, ob Sie, wenn Sie sehr hungrig waren, jemals eine solche Enttäuschung erlebten."

„Vielleicht keine so bittere," sagte Kemp, „aber ich kann sie mir vorstellen."

„Ich hätte die dummen Kerle prügeln können. Endlich konnte ich dem Verlangen nach einer anständigen Mahlzeit nicht länger widerstehen, ging in ein anderes Gasthaus und verlangte ein Separatzimmer. Ich sei arg entstellt, erklärte ich. Sie sahen mich neugierig an, aber natürlich war es nicht ihre Sache – und so kam ich endlich zu meinem Mittagsmahl. Es war nicht besonders gut, aber es genügte; und als ich damit fertig war, zündete ich mir eine Zigarre an und suchte einen neuen Plan zu entwerfen. Und draußen stürmte und schneite es.

Je länger ich darüber nachdachte, Kemp, desto besser begriff ich, welch eine hilflose Ungereimtheit ein unsichtbarer Mensch eigentlich ist – in einem kalten und schmutzigen Klima und einer bevölkerten, zivilisierten Stadt. Bevor ich dieses wahnsinnige Experiment machte, hatte ich von tausend Vorteilen geträumt. An jenem Nachmittag erkannte ich die bittere Täuschung. Ich dachte an all die Dinge, die ein Mensch für wünschenswert hält. Allerdings wurde es mir durch meine Unsichtbarkeit möglich, sie zu erlangen, aber zugleich wurde es mir unmöglich, sie zu genießen. Ehrgeiz – was half mir der errungene Platz, wenn ich mich auf demselben nicht zeigen konnte? Liebe – sie konnte mir nicht werden. Politik, barmherzige Werke, Sport – sie flößen mir kein Interesse ein. Und dazu war ich ein vermummtes Geheimnis, die Karikatur eines Menschen geworden."

Er schwieg und schien einen Blick durchs Fenster zu werfen.

„Aber wie kamen Sie nach Iping?" fragte Kemp, ängstlich bemüht, ein lebhaftes Gespräch in Gang zu halten.

„Dort begann ich zu arbeiten. Ich hatte noch eine Hoffnung, eine unklare Idee. Ich habe sie noch. Jetzt ist sie zur vollen Gewißheit geworden. Ich will zurück! Wieder den alten Zustand herstellen, wann es mir beliebt. Wenn ich alles getan haben werde, was ich unsichtbar tun will. Und darüber möchte ich hauptsächlich mit Ihnen sprechen – –"

„Sie gingen direkt nach Iping?"

„Ja. Ich hatte nichts zu tun, als mein Gepäck und eine Anzahl von Chemikalien kommen zu lassen, um meine Idee auszuführen – ich werde Ihnen die Berechnungen zeigen, sobald ich meine Bücher bekomme – und dann ging ich an die Arbeit. Himmel! Ich erinnere mich noch heute an den Schneesturm, der damals wütete und welche Mühe ich hatte, meine falsche Nase vor der Feuchtigkeit zu schützen –."

„Zuletzt haben Sie vorgestern," sagte Kemp, „als man Ihr Geheimnis entdeckte – wie die Zeitungen sagen –"

„Es ist richtig. Habe ich diesen Narren von einem Gendarmen erschlagen?“

„Nein,“ antwortete Kemp. „Man hofft, daß er aufkommen wird.“

„Das ist gut für ihn. Ich hatte die Geduld verloren. Die Narren! Warum ließen sie mich nicht in Ruhe? Und der Spezereiwarenhändler?“

„Niemand ist tödlich verwundet,“ antwortete Kemp.

„Nur von meinem Landstreicher weiß ich nichts,“ sagte der Unsichtbare mit einem unangenehmen Lachen.

„Beim Himmel, Kemp, ein Mann Ihres Schlages weiß nicht, was Wut ist. Jahrelang gearbeitet und geschuftet zu haben, damit irgendein Idiot einem alle Pläne durchkreuzt! – Jeder beliebige Dummkopf auf Gottes Erdboden war förmlich darauf versessen, meine Absichten zunichte zu machen ... Wenn mir das noch oft passiert, werde ich wild – dann mögen sie sich hüten!

Wie die Sachen jetzt stehen, haben sie mir alles tausendmal schwerer gemacht.“

24. Kapitel
Der Plan mißlingt

„Was soll also,“ fragte Kemp mit einem Seitenblick durch das Fenster, „jetzt geschehen?“

Er trat näher an seinen Gast heran, um zu verhindern, daß dieser zufällig die drei Männer erblicke, die – unerträglich langsam schien es Kemp – den Hügel heraufkamen.

„Welche Absicht leitete Sie, als Sie nach Port Burdock gingen? Hatten Sie überhaupt einen Plan?“

„Ich wollte das Land verlassen. Aber seitdem ich Sie traf, habe ich meine Absicht geändert. Ich dachte, es wäre klug, jetzt, wo das Wetter heiß und Unsichtbarkeit möglich ist, nach dem Süden zu reisen. Besonders da mein

Geheimnis bekannt geworden war, und jeder nach einem maskierten, vermummten Menschen Ausschau halten würde. Von hier nach Frankreich gehen verschiedene Dampfer. Mein Plan war, an Bord eines derselben zu gelangen und die Gefahr der Entdeckung während der Überfahrt zu riskieren. Von dort konnte ich mit der Bahn nach Spanien und von da nach Algier gelangen. Das konnte keine Schwierigkeit bieten. Dort kann man immer unsichtbar sein und doch leben. Und handeln. Ich gebrauchte den Landstreicher als Geldkasse und Gepäckträger, bis ich mich entschieden haben würde, auf welche Weise ich wieder in den Besitz meiner Bücher und Habseligkeiten gelangen könnte."

„Das ist klar."

„Und der Elende mußte mich berauben! Er hat meine Bücher versteckt, Kemp. Meine Bücher versteckt! Wenn ich ihn erwische! ..."

„Erst sollte man versuchen, von ihm die Bücher herauszulocken."

„Aber wo ist er? Wissen Sie es?"

„Er ist im Stadtgefängnis und auf seine eigene Bitte in die festeste Zelle eingeschlossen worden."

„Der Hund!" rief der Unsichtbare aus.

„Aber das verzögert Ihre Pläne."

„Wir müssen die Bücher wiederbekommen. – Das ist eine Lebensfrage für mich."

„Gewiß," sagte Kemp, ein wenig nervös und angestrengt horchend, ob er nicht Schritte draußen vernehme. „Gewiß müssen wir die Bücher haben. Aber das wird nicht schwer sein, wenn er nicht weiß, daß sie für Sie bestimmt sind."

„Nein," sagte der Unsichtbare und versank in tiefe Gedanken.

*

Kemp versuchte einen neuen Stoff zu finden, um das Gespräch aufrechtzuerhalten, aber der Unsichtbare fuhr aus eigenem Antrieb fort.

„Daß ich in Ihr Haus geraten bin, Kemp," sagte er, „ändert alle meine Pläne. Sie sind ein Mensch, der Verstand besitzt. Trotz allem, was geschehen ist, trotz des Bekanntwerdens meiner Existenz, trotz des Verlustes meiner Bücher, trotz meiner Leiden, bleiben noch reichlich Mittel und Wege – – Sie haben niemand gesagt, daß ich hier bin?" fragte er unvermittelt.

Kemp zögerte. „Das war doch ausgemacht," sagte er.

„Niemand?" fragte Griffin dringender.

„Keiner Seele."

„Ah! Dann – – –" Der Unsichtbare erhob sich, stemmte die Arme in die Seite und begann im Zimmer auf und ab zu gehen.

„Als ich versuchte, die Sache allein durchzuführen, war ich von einem Irrtum befangen, Kemp, einem ungeheuren Irrtum. Ich habe Zeit und Kraft verschwendet und die günstigsten Gelegenheiten versäumt, weil ich allein war. Es ist seltsam, wie wenig ein Mensch allein tun kann! Ein wenig rauben, ein wenig verwunden, und das ist auch alles.

Was ich brauche, Kemp, ist ein Helfer und ein Versteck; die Sicherheit, daß ich in Frieden und unverdächtig schlafen, essen und rauchen kann. Ich muß einen Verbündeten haben. Mit einem Verbündeten, mit Nahrung und Ruhe werden tausend Dinge möglich.

Bis hierher bin ich ins Ungewisse vorgegangen. Wir müssen in Betracht ziehen, was Unsichtbarkeit bedeutet, und was sie nicht bedeutet. Sie ist von Nutzen, um ungesehen alles hören zu können, wenn man vorsichtig jedes Geräusch vermeidet. Sie hilft ein wenig – bei Raub, Einbruch und dergleichen. – Hat man mich jedoch einmal, so kann man mich leicht gefangen halten. Aber andererseits bin ich schwer zu fangen. Tatsächlich ist die Unsichtbarkeit nur in zwei Fällen wertvoll: um zu entkommen und um sich zu nähern. Daher ist sie ganz besonders wertvoll, wenn man einen Menschen töten will. Ich kann um einen Menschen herumgehen, mag er welche Waffe er will haben, die geeignetste Stelle wählen, ihn treffen, wie ich will, ausweichen, wie ich will, entwischen, wie ich will."

Kemp drehte seinen Schnurrbart. War das nicht eine Bewegung unten?

„Und töten müssen wir, Kemp.“ – –

„Töten müssen wir,“ wiederholte Kemp; „ich höre Ihren Plänen zu, Griffin, aber ich erkläre Ihnen, daß ich sie nicht billige. Warum töten?“

„Kein Mord aus bloßem Übermut, sondern ein wohlerwogenes Töten. Die Sache ist die: man weiß, daß es einen unsichtbaren Menschen gibt, die Leute hier wissen es alle – so gut wie wir selbst – und dieser Unsichtbare, Kemp, muß jetzt ein Schreckensregiment führen. Ja – es ist ungewöhnlich, gewiß, aber ich meine es im Ernst. Ein Schreckensregiment. Er muß irgendeine Stadt einnehmen, wie Ihr Burdock zum Beispiel, und sie durch Schrecken beherrschen. Er muß seine Befehle herausgeben. Er kann dies auf tausend Arten tun – Papierstreifen, welche durch die Türen geschoben werden, würden genügen. Und alle, welche seine Befehle mißachten, muß er töten und alle die, welche den Ungehorsamen zu Hilfe kommen.“

„Hm!“ sagte Kemp, der nicht länger auf Griffin hörte, sondern auf das Öffnen und Schließen der Haustür lauschte.

„Es scheint mir, Griffin,“ sagte er, um seine Unaufmerksamkeit zu verbergen, „daß Ihr Verbündeter in eine schwierige Lage käme.“

„Niemand wüßte, daß er mein Verbündeter wäre,“ erklärte der Unsichtbare eifrig. Und dann plötzlich: „Pst! Was ist das unten?“

„Nichts,“ erwiderte Kemp und begann laut und schnell zu sprechen. „Ich billige dies nicht, Griffin,“ sagte er. „Verstehen Sie mich wohl, ich billige dies nicht. Warum wollen Sie sich in einen so feindlichen Gegensatz zu Ihren Mitmenschen stellen? Wie können Sie hoffen, glücklich zu werden? Geben Sie Ihrem Wunsche nach Einsamkeit doch nicht nach. Veröffentlichen Sie Ihre Entdeckungen – ziehen Sie die Welt – oder doch die Nation in Ihr Vertrauen. Stellen Sie sich vor, was Sie mit einer Million eifriger Mitarbeiter bewirken könnten – – –“

Der Unsichtbare unterbrach ihn, den Arm ausstreckend. „Ich höre Schritte die Treppe heraufkommen,“ sagte er.

„Unsinn!“ meinte Kemp.

„Lassen Sie mich sehen,“ sagte der Unsichtbare und näherte sich mit ausgestrecktem Arm der Tür.

Und dann jagten sich die Ereignisse mit unglaublicher Schnelligkeit. Kemp zögerte einen Augenblick, dann stellte er sich ihm in den Weg. Der Unsichtbare fuhr zusammen und stand still. „Verräter!“ schrie die Stimme, und plötzlich öffnete sich der Schlafrock und der Unsichtbare begann sich zu entkleiden. Kemp erreichte mit drei Schritten die Tür, als der Unsichtbare mit einem lauten Ausruf aufsprang. Kemp riß die Tür auf.

Zugleich hörte man das Geräusch eilends sich nähernder Schritte und Stimmengewirr von unten.

Mit einer schnellen Bewegung warf Kemp den Unsichtbaren zurück, sprang beiseite und schlug die Tür hinter sich zu. Den Schlüssel hatte er schon früher von außen ins Schloß gesteckt. Im nächsten Augenblick wäre Griffin im Studierzimmer gefangen gewesen – hätte sich nicht ein geringfügiger Umstand ereignet. Der Schlüssel war am Morgen hastig hineingeschoben worden. Als Kemp die Tür zuschlug, fiel er auf den Teppich.

Kemp wurde kreideweiß. Mit beiden Händen umklammerte er die Türklinke. Einen Augenblick hielt er sie fest zu. Dann gab sie sechs Zoll weit nach. Aber es gelang ihm, sie wieder zu schließen. Das zweite Mal öffnete sie sich einen Fuß weit und der Schlafrock zwängte sich in die Öffnung. Unsichtbare Finger umklammerten seinen Hals, so daß er die Türklinke loslassen mußte, um sich zu verteidigen. Er wurde zurückgedrängt und mit Gewalt in einen Winkel des Ganges geschleudert. Der Schlafrock flog über ihn hinweg. In der Mitte der Treppe stand der Empfänger von Kemps Brief, Oberst Adye, Chef der Polizei in Burdock. Verblüfft starrte er auf das plötzliche Erscheinen Kemps und den außergewöhnlichen Anblick von leer durch die Luft fliegenden Kleidern. Er sah, wie Kemp niedergeworfen wurde und sich wieder zu erheben suchte. Er sah ihn vorwärts eilen und dann wuchtig zusammenstürzen.

Dann erhielt er plötzlich selbst einen heftigen Stoß. Durch ein Nichts! Es schien, als ob ein schweres Gewicht sich auf ihn lege und er wurde kopfüber die Treppe hinunterbefördert. Ein unsichtbarer Fuß trat auf seinen Rücken, geisterhafte Fußtritte gingen die Treppe hinab, er hörte die beiden Schutzmänner in der Halle laut schreien und die Haustür heftig zuschlagen. Ganz verwirrt setzte er sich auf. Er sah, wie Kemp mit blutenden Lippen und geschwollenem Gesicht, einen roten Schlafrock im Arme, die Treppe herunterwankte.

„Mein Gott!“ rief Kemp, „das Spiel ist aus! Er ist fort!“

25. Kapitel
Die Verfolgung des Unsichtbaren

Es dauerte geraume Zeit, ehe es Kemp gelang, Adye den Verlauf der Ereignisse der letzten Minuten zu erklären. Sie standen auf dem Gange und Kemp sprach schnell und hastig. Endlich begann Adye die Lage zu begreifen.

„Er ist wahnsinnig!“ sagte Kemp. „Er ist der verkörperte Egoismus, ohne eine Spur menschlichen Fühlens. Er denkt an nichts, als an seinen eigenen Vorteil, seine eigene Sicherheit. Ich habe heute morgen eine Geschichte solch brutaler Selbstsucht mit angehört ... Er hat Menschen verwundet. Er wird morden, wenn wir ihn nicht daran hindern können. Er wird eine Panik verbreiten. Nichts kann ihn aufhalten. Jetzt geht er los – wütend!“

„Wir müssen ihn fangen,“ sagte Adye, „das ist gewiß.“

„Aber wie?“ rief Kemp und entwickelte einen plötzlichen Ideenreichtum. „Sie müssen sofort beginnen, Sie müssen jeden verfügbaren Mann dazu verwenden und ihn hindern, die Gegend zu verlassen. Sobald er einmal fort ist, wird er mordend und verwundend durch das Land ziehen. Er träumt von einer Schreckensherrschaft. Einer Schreckensherrschaft, sage ich Ihnen. Sie müssen die Bahnlinien, die Straßen und die auslaufenden Schiffe bewachen lassen. Die Garnison muß helfen. Sie müssen um Hilfe telegraphieren. Das einzige, was ihn vielleicht hier halten kann ist die fixe Idee, wieder in Besitz einiger Notizbücher zu gelangen, die er für wertvoll hält. Ich werde Ihnen das später erzählen. Auf der Polizeistation befindet sich ein Mann, namens Marvel."

„Ich weiß es," sagte Adye. „Diese Bücher – ja. Aber der Landstreicher ..."

„Sagt, er habe sie nicht. Aber er glaubt doch, daß sie der Landstreicher hat. Und man muß ihn am Essen und Schlafen hindern. – Tag und Nacht muß die Gegend nach ihm durchsucht werden. Alle Lebensmittel müssen eingesperrt und in Sicherheit gebracht werden, überhaupt jede Nahrung, so daß er Gewalt anwenden muß, um dazu zu gelangen. Die Häuser müssen verrammelt werden. Der Himmel sende uns kalte Nächte und Regen! Das ganze Land muß die Jagd aufnehmen. Ich sage Ihnen, Adye, er ist eine Gefahr, ein Unglück – bevor er gefangen und in Sicherheit gebracht ist, kann man nur mit Schrecken an die Dinge denken, die geschehen können."

„Was könnten wir sonst noch tun?" sagte Adye. „Ich muß die Organisation sofort in die Hand nehmen. Aber wollen Sie nicht mitkommen? Ja – kommen Sie doch auch! Kommen Sie, wir müssen eine Art Kriegsrat halten – an die Bahnstationen telegraphieren. Bei Gott, das ist dringend. Kommen Sie, wir können im Gehen sprechen. Was könnten wir noch tun?"

Im nächsten Augenblick gingen sie die Treppe hinab. Sie fanden das Haustor offen und die Polizisten draußen vor sich hinstarren. „Er ist fort, Herr!" sagte der eine.

„Wir müssen sofort auf die Hauptwache!" erwiderte Adye, „einer von euch muß einen Wagen holen – schnell. Und jetzt, Kemp, was noch?"

„Hunde!" sagte Kemp, „verschaffen Sie sich Hunde. Sie sehen ihn nicht, aber sie spüren ihn auf."

„Gut!" meinte Adye. „Hunde. Was noch?"

„Vergessen Sie nicht," sagte Kemp, „daß seine Nahrung sichtbar bleibt. Wenn er gegessen hat, sieht man die Speisen, bis sie assimiliert sind. So muß er sich verbergen, nachdem er gegessen hat. Sie müssen fortwährend nach ihm suchen. In jedem Dickicht, in jedem ruhigen Winkel. Und lassen Sie alle Waffen – alle Werkzeuge, die als Waffe verwendet werden könnten, wegschaffen. Er kann solche Sachen nicht lange tragen, und was er zufällig finden könnte, um damit zu verletzen, muß verborgen werden."

„Auch gut," sagte Adye. „Wir werden ihn doch noch fangen!"

„Und auf den Straßen – –" sagte Kemp und zögerte.

„Ja?" fragte Adye.

„Glassplitter," fuhr Kemp fort. „Es ist grausam, ich weiß es. Aber bedenken Sie, was er tun könnte!"

Adye blies die Luft durch die Zähne. „Das ist unmenschlich. Ich weiß wirklich nicht, ob ich das zugeben kann. Aber ich werde Glassplitter bereithalten, wenn er zu weit geht."

„Der Mann ist ein Ungeheuer, sage ich Ihnen," versicherte Kemp. „Ich weiß so bestimmt, daß er seine Schreckensherrschaft beginnen wird – sobald er die Aufregung über seine Flucht einmal überwunden hat – als ich weiß, daß ich mit Ihnen spreche. Unsere einzige Rettung ist, ihm zuvorzukommen. Er hat sich selbst von der Menschheit losgesagt. Sein Blut komme über sein Haupt."

26. Kapitel
Der Mord im Dickicht

Der Unsichtbare scheint in einem Zustand blinder Wut aus dem Hause Kemps geflohen zu sein. Ein kleines Kind, das in der Nähe des Tores spielte, war heftig angepackt und beiseite geschleudert worden, so daß es den Knöchel brach, und nachher verschwand er für einige Stunden vollkommen. Niemand weiß, wohin er ging oder was er tat. Aber man kann sich vorstellen, wie er an dem heißen Junitag den Hügel hinauf nach der offenen Düne hinter Port Burdock eilte, voll Grimm sein Schicksal verfluchend, bis er endlich erhitzt und müde in den Wäldern von

Hintondean eine Zuflucht suchte, um wieder neue Pläne gegen seine Mitmenschen zu schmieden.

Wie dem aber auch sei, gegen Mittag verschwand er aus dem Gesichtskreis der Menschen, und keine lebende Seele kann sagen, was er bis gegen halb 3 Uhr getan hat. Vielleicht war es ein Glück für die Menschheit, aber für ihn selbst sollte diese Untätigkeit unheilvoll werden.

Während dieser Zeit war eine immer mehr wachsende Menschenmenge in der ganzen Gegend geschäftig. Am Morgen war er noch eine bloße Mythe, ein Gegenstand des Schreckens gewesen; am Nachmittag wurde er in einer trockenen Proklamation Kemps als ein greifbarer Gegner hingestellt, der verwundet, gefangen und überwunden werden konnte. Und die ganze Gegend begann sich mit unfaßbarer Schnelligkeit zu organisieren. Selbst um 2 Uhr noch hätte er mittels eines Zuges die Gegend verlassen können, nach 2 Uhr aber wurde auch dies unmöglich, denn alle Personenzüge in der ganzen Gegend fuhren mit versperrten Koupeetüren und der Güterverkehr war fast ganz eingestellt. Und in einem Umkreis von 20 Meilen brachen Gruppen von drei oder vier Männern, die mit Flinten und Knütteln bewaffnet waren, in Begleitung von Hunden auf, um Straßen und Felder zu durchsuchen.

Berittene Wachleute sprengten die Landstraßen entlang, hielten bei jedem Hause an und forderten die Bewohner auf, ihre Häuser zuzuschließen und sich innerhalb derselben zu halten, wenn sie nicht bewaffnet wären. Die Volksschulen wurden um 3 Uhr geschlossen und die Kinder eiligst nach Hause geschickt. Kemps Aufruf, der von Adye unterzeichnet war, war um 4 oder 5 Uhr nachmittags in der ganzen Gegend angeschlagen. Und so schnell und entschieden handelten die Behörden, so rasch und allgemein verbreitete sich der Glaube an jenes seltsame Wesen, daß noch vor Einbruch der Nacht eine Gegend von mehreren hundert Quadratmeilen Ausdehnung wie in Belagerungszustand versetzt war.

Mittlerweile wurde der Verwalter Lord Burdocks, Mr. Wicksteed, erschlagen aufgefunden.

Wenn unsere Voraussetzung, daß der Unsichtbare in den Wäldern von Hintondean eine Zuflucht gesucht hatte, richtig ist, so müssen wir annehmen, daß er am Nachmittag wieder aufbrach und einen Plan erwog, der den Gebrauch einer Waffe nötig machte. Wir können nicht wissen, welches dieser Plan war, aber die Tatsache, daß er die Eisenstange in der Hand trug, bevor er Wicksteed traf, ist immerhin überzeugend.

Natürlich kennen wir die Einzelheiten der Begegnung nicht. Es war im Dickicht am Rande einer Kiesgrube, nicht zweihundert Schritte von Lord Burdocks Parktor entfernt. Alles deutet auf einen verzweifelten Kampf hin, der zertretene Boden, die zahlreichen Wunden, die der Körper Mr. Wicksteeds aufwies, sein zersplitterter Spazierstock; aber warum der Angriff geschah, wenn nicht aus purer Mordlust, ist schwer zu begreifen. Es ist tatsächlich fast unvermeidlich, an Wahnsinn zu glauben. Mr. Wicksteed, der Verwalter Lord Burdocks, war ein Mann von etwa 55 Jahren und so friedfertig von Natur und Gewohnheiten, daß er der letzte gewesen wäre, einen so fürchterlichen Gegner zu reizen oder herauszufordern. Es scheint, daß der Unsichtbare aus einem eisernen Gitter eine Stange herausgebrochen hatte und diese als Waffe verwendete. Er trat dem ruhig zu seinem Mittagessen nach Hause gehenden Mann in den Weg, schlug ihn, der sich nur schwach verteidigte, nieder und zerschmetterte ihm das Haupt.

Er muß ja, natürlich, die Stange aus dem Gitter gerissen haben, ehe er seinem Opfer begegnete – muß sie schon zur Hand gehabt haben. Nur zwei Einzelheiten außer den schon genannten scheinen von Belang. Erstens, daß die Kiesgrube nicht an Mr. Wicksteeds Heimweg, sondern fast ein paar hundert Schritte entfernt lag. Und zweitens die Behauptung eines kleinen Mädchens, daß sie auf ihrem Weg zur Schule nachmittags den Ermordeten in einer ganz merkwürdigen Weise über einen Acker der Kiesgrube zu stapfen sah. So, wie sie seine Art zu gehen nachmachte, muß man auf den Gedanken kommen, daß der Mann irgend etwas vor sich auf der Erde verfolgte und dann und wann mit seinem Spazierstock darnach schlug. Die Kleine war die letzte, die ihn lebend sah. Er entschwand ihren

Blicken, um seinem Tod entgegenzugehen, und nur eine Gruppe von Buchen und eine leichte Bodensenkung entzog den Kampf ihren Augen.

Dies könnte vielleicht zu einer Art Erklärung des sonst zwecklos scheinenden Mordes dienen. Man könnte sich vorstellen, daß Griffin die Stange allerdings als Waffe genommen hat, jedoch ohne die bestimmte Absicht, einen Mord zu begehen. Wicksteed mag dann vorübergekommen sein und die Stange, die sich auf so unerklärliche Weise durch die Luft bewegte, gesehen haben. Ohne überhaupt eine Ahnung von dem Unsichtbaren zu haben – denn Port Burdock liegt zehn Meilen weit von dort –, mag er sie verfolgt haben. Es ist ganz denkbar, daß er nichts von dem Unsichtbaren gehört hatte. Dieser hatte sich vielleicht – um seine Anwesenheit in der Nachbarschaft nicht zu verraten – ruhig davonmachen wollen, und Wicksteed hatte voller Neugier und Erregung den so unerklärlich sich bewegenden Gegenstand verfolgt und schließlich nach ihm geschlagen.

Unter gewöhnlichen Umständen hätte der Unsichtbare zweifellos seinem nicht mehr jungen Verfolger ausweichen können; aber die Lage, in der Wicksteeds Leichnam gefunden wurde, deutet darauf hin, daß er das Unglück hatte, seine Beute in einen Winkel zwischen einem Brennesseldickicht und der Kiesgrube zu treiben. Für jeden, der die außerordentliche Reizbarkeit des Unsichtbaren in Betracht zieht, wird das übrige des Zusammentreffens leicht begreiflich sein.

Es ist dies jedoch eine bloße Hypothese. Die einzige unleugbare Tatsache – denn was Kinder erzählen, ist häufig wenig zuverlässig – ist die Entdeckung von Wicksteeds Leichnam und der blutigen Eisenstange, die in den Brennesseln lag. Daß Griffin die Eisenstange wegwarf, läßt auf die Vermutung kommen, daß er – in der Gemütserregung jenes Ereignisses – die Absicht, in der er sie an sich gerissen hatte – wenn überhaupt eine bestimmte Absicht vorlag – aufgab. Gewiß war er ein unendlich selbstsüchtiger und gefühlloser Mensch; aber der Anblick seines Opfers, seines ersten Opfers, das da blutend und jammervoll zu seinen Füßen lag, mag doch eine lang zurückgedämmte Quelle von Gewissensbissen entfesselt haben, die, wenigstens vorübergehend, alle Pläne, die er vorgehabt hatte, wegschwemmte.

Nach diesem Mord scheint er das Land in der Richtung gegen die Düne durchwandert zu haben. Einige Leute wissen von einer Stimme zu erzählen, die sie auf einem Feld in der Nähe von Fern-Bottom hörten. Sie weinte und lachte, seufzte und stöhnte, und hie und da hörte man einen wilden Schrei. Hinter einem Berge verhallte sie.

In der Zwischenzeit muß der Unsichtbare gewahr geworden sein, welch schnellen Gebrauch Kemp von seinen vertraulichen Mitteilungen gemacht hatte. Er muß die Häuser versperrt und befestigt gefunden haben, er mag nach den Eisenbahnstationen und Wirtshäusern geschlichen sein, wo er zweifellos die Bekanntmachung las und sich über die Natur des Feldzuges, den man gegen ihn führte, klar wurde. Und wie der Abend hereinbrach, tauchten hie und da auf den Feldern Gruppen von drei oder vier Männern, in Begleitung von kläffenden Hunden, auf. Diese Jäger hatten für den Fall einer Begegnung mit ihm besondere Weisungen erhalten, wie sie einander beistehen könnten. Aber er wich ihnen allen aus. Wir können seine Verzweiflung begreifen, und sie mag durch das Bewußtsein, daß er selbst die Handhabe zu einer so grausamen Jagd gegen sich geboten hatte, nicht verringert worden sein. Einen Tag lang verlor er den Mut; durch vierundzwanzig Stunden war er außer im Kampf gegen Wicksteed wie ein gehetztes Wild. In der Nacht muß er gegessen und geschlafen haben, denn am Morgen war er wieder er selbst, tätig, energisch, rachsüchtig und bereit, seinen letzten großen Kampf gegen die Welt aufzunehmen.

27. Kapitel
Die Belagerung von Kemps Haus

Kemp las eine seltsame Botschaft, die mit Bleistift auf ein fettiges Blatt Papier geschrieben war.

„Sie sind erstaunlich energisch und klug gewesen,“ lautete der Brief, „obgleich ich mir nicht denken kann, was Sie dadurch gewinnen wollen. Sie sind also gegen mich. Einen ganzen Tag lang haben Sie mich gejagt, Sie haben versucht, mich um die Nachtruhe zu bringen. Aber Ihnen zum Trotz habe ich gegessen, Ihnen zum Trotz habe ich geschlafen und das Spiel beginnt erst. Es fehlt nichts, als die Schreckensherrschaft anzukündigen. Diese meine Botschaft kündigt den ersten Tag an. Port Burdock untersteht nicht länger der Königin, sagen Sie das Ihrem Polizeihauptmann und den übrigen. Es untersteht mir – dem Herrn des Schreckens. Dies ist der erste Tag des ersten Jahres der neuen Ära – der Ära des Unsichtbaren. Ich bin König Unsichtbar der Erste. Am ersten Tag wird die Herrschaft leicht zu ertragen sein. Da wird nur eine Hinrichtung vorgenommen werden, um ein Exempel zu statuieren – an einem Manne namens Kemp. Der Tod harrt heute seiner. Er mag sich einschließen, sich mit Wachen umgeben, eine Rüstung anlegen, wenn es ihm beliebt – der Tod, der unsichtbare Tod, kommt heran. Er mag Vorsichtsmaßregeln ergreifen, es wird nur um so größeren Eindruck auf mein Volk machen. Das Spiel beginnt. Der Tod ist auf dem Wege. Helft ihm nicht, meine Untertanen, sonst seid ihr selbst dem Tode verfallen. Heute wird Kemp sterben!“

„Es ist kein Scherz,“ sagte Kemp, als er den Brief zweimal gelesen hatte, „das ist seine Schrift, und was er sagt, das meint er auch.“

Er drehte das gefaltete Blatt um, und sah auf der Adresse den Poststempel von Hintondean und die prosaische Bemerkung: „Zwei Pence Strafporto.“

Er erhob sich langsam, ließ sein Frühstück unbeendigt und ging in das Studierzimmer. Dann ließ er seine Wirtschafterin kommen und befahl ihr, sofort die Runde im Hause zu machen, alle Fensterriegel zu untersuchen und die Läden zu schließen. Die Fenster seines Studierzimmers schloß er selbst. Aus einem abgesperrten Fach in seinem Schlafzimmer nahm er einen kleinen Revolver, untersuchte ihn sorgfältig und steckte ihn in die Tasche seines Rockes. Er schrieb einige kurze Briefe, einen davon an Oberst Adye, und gab sie dem Hausmädchen zur

Besorgung mit genauen Weisungen, wie sie das Haus verlassen solle. „Es hat keine Gefahr," sagte er und fügte in seinem Innern hinzu: „für sie." Ein Weilchen blieb er nachdenklich sitzen, dann kehrte er zu seinem kalt gewordenen Frühstück zurück.

Oft unterbrach ein neuer Einfall seine Mahlzeit. Endlich schlug er heftig auf den Tisch. „Wir werden ihn fangen!" sagte er, „und ich bin der Köder. Er wird sich zu weit vorwagen."

Er ging in sein Studierzimmer hinauf, sorgsam die Türen hinter sich schließend. „Es ist ein Spiel," sagte er, „ein aufregendes Spiel; aber die Trümpfe sind in meiner Hand, Mr. Griffin, trotz Ihrer Kühnheit. Griffin contra mundum ..."

Er stand am Fenster und blickte auf den Hügel hinaus. „Er muß sich jeden Tag Speise verschaffen – und ich mißgönne es ihm nicht. Ob er heute nacht wirklich geschlafen hat? Draußen im Freien wahrscheinlich, sicher vor jeder Begegnung. Wenn nur recht kaltes, nasses Wetter statt dieser Hitze kommen wollte!

Vielleicht beobachtet er mich eben jetzt ..."

Er trat ganz nahe ans Fenster heran. Etwas schlug an das Mauerwerk über dem Fenster und ließ ihn heftig zurückfahren.

„Ich werde nervös," sagte Kemp. Aber es dauerte fünf Minuten, ehe er wieder ans Fenster ging. „Wahrscheinlich ein Sperling," meinte er.

Bald darauf wurde die Hausglocke gezogen und er eilte hinunter. Er schob die Riegel am Tor zurück, drehte den Schlüssel um, untersuchte die Kette und öffnete vorsichtig, ohne sich zu zeigen. Eine wohlbekannte Stimme rief ihn an. Es war Adye. „Ihr Mädchen ist angegriffen worden, Kemp," sagte er durch die Tür.

„Was?" rief Kemp.

„Man hat ihr den Brief weggenommen. Er ist ganz in der Nähe. Lassen Sie mich hinein."

Kemp löste die Kette und Adye trat durch eine ganz schmale Spalte ein. Er stand in der Halle und blickte mit unendlicher Erleichterung auf Kemp, der das Tor wieder versperrte. „Der Brief wurde ihr aus der Hand gerissen. Es hat sie furchtbar aufgeregt. Sie liegt in Krämpfen. Er ist ganz in der Nähe. Was wollten Sie mir schreiben?"

Kemp fluchte.

„Was für ein Narr ich war," sagte er, „ich hätte es wissen können. Es ist keine Stunde Wegs von Hintondean hierher. Und er ist schon da!"

„Was gibt es denn?" fragte Adye.

„Sehen Sie her!" sagte Kemp und ging voraus in den ersten Stock. Er händigte Adye den Brief des Unsichtbaren ein. Adye las ihn und pfiff leise vor sich hin.

„Und Sie ...?" fragte er.

„Ich wollte ihm eine Falle stellen – ich Dummkopf!" sagte Kemp, „und sandte Ihnen meinen Vorschlag durch ein Dienstmädchen. Er weiß jetzt alles!"

Adye folgte Kemps gottlosem Beispiel und fluchte gleichfalls.

„Er wird fliehen," meinte Adye.

„Das wird er nicht!" erwiderte Kemp.

Der Klang von zerschmettertem Glas ließ sich eben vernehmen. Adye bemerkte, wie Kemp den kleinen Revolver, den er in der Tasche trug, halb zum Vorschein brachte.

„Es ist ein Fenster oben!" sagte letzterer, während sie hinaufgingen. Als sie noch auf der Stiege waren, vernahmen sie denselben Klang zum zweiten Male. Als sie das Studierzimmer erreichten, fanden sie zwei von den drei Fenstern zerschmettert, das halbe Zimmer mit Glassplittern bedeckt und einen großen Kieselstein auf dem Schreibtisch. Kemp fluchte von neuem. Zugleich wurde das dritte Fenster zerschmettert, und die Stücke flogen ins Zimmer.

„Was soll das bedeuten?" fragte Adye.

„Das ist der Anfang," meinte Kemp.

„Es ist unmöglich, hier heraufzuklettern!"

„Keine Katze kommt hier herauf," sagte Kemp.

„Sind hier keine Fensterläden?"

„Hier nicht. Die Zimmer unten – Hallo!"

Krach! und der Ton von heftig gegen Holz geschleuderten Steinen ließ sich vernehmen. „Verflucht!" sagte Kemp, „das muß – ja – es ist im Schlafzimmer. Er will das Spiel im ganzen Hause wiederholen. Aber er ist ein Narr. Die Läden sind geschlossen und das Glas fällt nach außen. Er wird sich die Füße zerschneiden."

Ein anderes Fenster zerbrach. Die beiden Männer standen betroffen auf dem Gang.

„Ich hab's!" rief Adye. „Geben Sie mir einen Stock oder etwas Ähnliches; ich gehe zur Polizeistation zurück und hole die Bluthunde. Das wird ihm das Handwerk legen!"

Wieder ging ein Fenster klirrend in Trümmer.

„Haben Sie keinen Revolver?" fragte Adye.

Kemp steckte die Hand in die Tasche. Dann zögerte er. „Ich habe keinen – wenigstens keinen überflüssigen."

„Ich bringe ihn zurück," sagte Adye. „Sie sind ja hier in Sicherheit."

Kemp fürchtete sich, Angst zu verraten, und übergab ihm die Waffe.

„Jetzt zur Tür," sagte Adye.

Kemp war ein wenig bleicher als gewöhnlich. „Sie müssen schnell hinausgehen," sagte er.

Im nächsten Augenblick stand Adye draußen und die Tür wurde hinter ihm verschlossen. Eine Sekunde zögerte er, dann schritt er gerade und entschlossen die Stufen hinunter. Er ging quer über den Rasen und näherte sich dem Gartentor. Ein leiser Hauch schien über das Gras zu streichen. In seiner Nähe bewegte sich etwas.

„Bleiben Sie ein wenig stehen!“ sagte eine Stimme. Adye leistete diesem Befehl augenblicklich Folge, wobei seine Hand den Revolver fest umklammerte.

„Nun?“ sagte Adye, bleich, aber entschlossen, mit Anspannung aller Nerven.

„Haben Sie die Güte, in das Haus zurückzukehren!“ entgegnete eine ebenso entschlossene Stimme.

„Bedaure,“ erwiderte Adye ein wenig heiser und befeuchtete die Lippen mit der Zunge. Er glaubte die Stimme von links zu hören; ob er sein Glück mit einem Schuß versuchen sollte?

„Wo gehen Sie hin?“ fragte die Stimme; die beiden machten eine schnelle Bewegung, und in Adyes Tasche sah man etwas glänzen.

Adye überlegte. „Wohin ich gehe,“ sagte er langsam, „ist meine Sache.“ Die Worte schwebten noch auf seinen Lippen, als sich ein Arm um seinen Hals legte, ein Knie seinen Rücken berührte und er nach rückwärts geworfen wurde. Er feuerte in die leere Luft und erhielt im nächsten Augenblick einen Schlag in das Gesicht, wobei ihm der Revolver entrissen wurde. Vergebens suchte er sich auf den Füßen zu erhalten; er wollte sich aufrichten und fiel zurück. „Verdammt!“ fluchte Adye. Die Stimme lachte. „Ich würde Sie jetzt töten, wenn es mir nicht leid täte, eine Kugel zu verschwenden,“ sagte sie. Fünf Fuß von seinem Gesicht entfernt, schwebte der Revolver in der Luft, gerade auf ihn gerichtet.

„Nun?“ fragte Adye, sich halb aufrichtend.

„Stehen Sie auf!“ befahl die Stimme.

Adye gehorchte.

„Achtung!“ sagte die Stimme. Dann fügte sie hinzu: „Versuchen Sie nicht, mit mir zu spielen. Denken Sie daran, daß ich Ihr Gesicht sehe, auch wenn Sie das meine nicht sehen können. Sie müssen in das Haus zurückkehren.“

„Er wird mich nicht einlassen,“' sagte Adye.

„Das tut mir leid,“ entgegnete der Unsichtbare. „Mit Ihnen habe ich keinen Streit auszufechten.“

Wieder befeuchtete Adye die Lippen. Aber den Revolverlauf hinwegblickend, sah er in der Ferne das Meer in der Mittagsonne dunkelblau erglänzen, sah das zarte Grün der Dünen, die weiße Klippe, die belebte Stadt unten, und plötzlich erkannte er, wie schön das Leben war. Er richtete den Blick wieder auf das kleine metallene Ding, das einige Fuß von ihm entfernt zwischen Himmel und Erde hing. „Was soll ich tun?“ fragte er mürrisch.

„Was soll denn ich tun?“ entgegnete der Unsichtbare. „Sie werden Hilfe erhalten. Sie haben nichts zu tun als umzukehren.“

„Ich will es versuchen. Wollen Sie mir versprechen, den Eingang nicht zu erzwingen, wenn er mich hineinläßt?“

„Mit Ihnen stehe ich nicht im Kampf,“ sagte die Stimme.

Nachdem Kemp Adye verlassen hatte, war er die Treppen hinaufgeeilt, hatte sich durch die Glassplitter durchgewunden und sah, vorsichtig hinausspähend, Adye mit dem Unsichtbaren verhandeln. „Warum schießt er nicht?“ flüsterte Kemp vor sich hin. Dann bewegte sich der Revolver ein wenig und Kemps Augen waren geblendet. Er beschattete seine Augen und suchte den Lauf des glitzernden Stahls zu verfolgen.

„Es ist so,“ sagte er. „Adye hat den Revolver übergeben.“

„Versprechen Sie mir, den Eingang nicht zu erzwingen,“ wiederholte Adye. „Sie sind im Gewinn; treiben Sie das Spiel nicht zu weit. Lassen Sie Ihrem Gegner einen Weg offen.“

„Gehen Sie zurück ins Haus. Ich sage Ihnen ehrlich, daß ich nichts versprechen will.“

Adyes Entschluß schien plötzlich gefaßt. Er wandte sich um und schritt langsam, die Hände auf dem Rücken, dem Hause zu. Überrascht beobachtete ihn Kemp. Der Revolver verschwand, wurde wieder sichtbar, verschwand nochmals und erschien bei genauerer Betrachtung als ein kleiner, dunkler Gegenstand, der Adye folgte. Dann überstürzten sich die

Ereignisse. Adye sprang zurück, haschte nach dem kleinen Gegenstand, verfehlte ihn, hob die Hände in die Höhe und fiel aufs Gesicht nieder, während eine kleine blaue Rauchsäule in die Luft stieg. Den Schall des Schusses hörte Kemp nicht. Adye stöhnte, suchte sich auf einen Arm zu stützen, fiel zurück und lag dann still.

Eine geraume Weile starrte Kemp auf Adyes unbeweglich daliegenden Körper. Der Nachmittag war sehr heiß und ruhig; nichts schien sich zu bewegen als ein paar gelbe Schmetterlinge, die im Garten einander haschten. Adye lag auf dem Rasen in der Nähe des Tores. Die Fensterladen aller Häuser waren geschlossen, nur in einer kleinen, grünen Villa sah man eine weiße Gestalt, augenscheinlich die eines schlafenden alten Mannes. Kemp suchte in der Umgebung des Hauses den Revolver zu entdecken, aber er war verschwunden. Sein Blick schweifte zu Adye zurück. – – – Das Spiel hatte schlecht begonnen.

Dann hörte man ein heftiges Läuten und Klopfen an der Haustür, aber den Weisungen Kemps folgend, hatten sich die Dienstboten in ihre Zimmer eingeschlossen. Tiefe Stille folgte. Kemp horchte, dann spähte er vorsichtig durch die drei Fenster; er ging von einem zum andern. Endlich wandte er sich lauschend zur Treppe und fühlte sich sehr unbehaglich. Er nahm die Feuerzange aus seinem Schlafzimmer, untersuchte nochmals die Fenster im Erdgeschoß und stieg wieder hinauf. Jetzt näherte sich seine Haushälterin in Begleitung zweier Polizeimänner von der Straße her der Villa. Totenstille überall. Die drei Personen schienen eine Ewigkeit zu brauchen. Er hätte gern gewußt, wo sein Gegner war.

Erschreckt fuhr er auf. Von unten hörte man wildes Lärmen. Er zögerte, dann ging er hinab. Plötzlich widerhallte das Haus von schweren Schlägen. Die eisernen Stäbe der Fenstergitter klirrten. Er öffnete die Küchentür. Die Fensterläden waren zertrümmert und die Holzsplitter flogen weit ins Zimmer hinein. Er stand betroffen still. Eine Axt war durch die Fensterläden gedrungen und hieb jetzt mit fürchterlicher Gewalt auf die Holzverkleidung und die Eisenstäbe los. Dann flog sie beiseite und verschwand.

Er sah den Revolver auf dem Wege liegen und dann in die Luft springen. Er wich zurück. Im nächsten Augenblick krachte ein Schuß und verfehlte seinen Kopf um eines Haares Breite. Er schlug die Tür zu und verrammelte sie. Draußen hörte er Griffin rufen und lachen. Dann wurden die Axtschläge wieder vernehmbar.

Kemp stand auf dem Gange und versuchte ruhig nachzudenken. Binnen kurzem mußte der Unsichtbare in der Küche sein. Die Tür würde ihn keinen Augenblick aufhalten und dann ...

Wieder wurde die Glocke an der Haustür gezogen. Das mußten die Polizisten sein. Er eilte in die Halle, löste die Kette und schob erst, als er die Stimme seiner Haushälterin erkannte, die Riegel zurück. Die drei Leute stürzten zugleich ins Haus und dann schlug er die Tür hinter ihnen zu.

„Der Unsichtbare!" rief ihnen Kemp zu. „Er hat einen Revolver und es sind noch zwei Schüsse drin. Er hat Adye erschossen. Haben Sie ihn nicht im Garten liegen sehen?"

„Wen?" fragte der eine der Schutzmänner.

„Adye!" sagte Kemp.

„Wir kamen von rückwärts," sagte das Mädchen.

„Was bedeutet der Lärm?" fragte der eine Polizist.

„Er ist in der Küche oder wird bald drin sein. Er hat irgendwo eine Axt gefunden."

Plötzlich widerhallte das Haus von Schlägen gegen die Küchentür. Das Mädchen flüchtete sich ins Speisezimmer. Kemp versuchte in abgebrochenen Sätzen die Sachlage zu erklären. Sie hörten die Küchentür nachgeben.

„Hierher!" rief Kemp in neuerlich erwachter Tatkraft und schob die beiden in die Tür des Speisezimmers.

„Eine Feuerzange!“ rief er und stürzte zum Kamin. Die Feuerzange, die er getragen hatte, händigte er dem einen Schutzmann ein und die aus dem Speisezimmer dem andern.

Plötzlich wich er zurück. „Achtung!“ rief jetzt einer seiner beiden Begleiter, duckte sich und fing einen Axthieb mit der Feuerzange auf. Der Revolver gab seinen vorletzten Schuß ab und durchlöcherte einen wertvollen Sidney Cooper. Der zweite Schutzmann schlug mit seiner Feuerzange auf die kleine Waffe, die zu Boden fiel.

Voll Todesangst schrie das Mädchen auf und öffnete schnell ein Fenster – offenbar in der Absicht, auf diesem Wege zu entfliehen.

Man hörte den schweren Atem des Unsichtbaren. „Geht weg da, ihr beiden,“ rief er, „ich brauche nur Kemp!“

„Wir aber brauchen dich!“ sagte der erste Polizist und schwang seine Feuerzange nach der Richtung, aus welcher die Stimme gekommen war. Der Unsichtbare mußte einen Schritt zurückgewichen sein, denn der Schutzmann stolperte in den Schirmständer. Dann zerschmetterte ihm der Unsichtbare den Helm, als ob er aus Papier gewesen wäre, und der Mann stürzte ächzend zu Boden.

Der zweite Schutzmann jedoch zielte mit der Feuerzange hinter die Axt und traf auf etwas Weiches. Man vernahm einen Schmerzensschrei und die Axt fiel zu Boden. Noch einmal zielte der Schutzmann, traf aber ins Leere. Dann stand er still und horchte auf die leiseste Bewegung.

Er hörte das Fenster öffnen und schnelle Tritte im Zimmer. Sein Gefährte richtete sich, aus einer Stirnwunde blutend, auf. „Wo ist er?“ fragte er.

„Ich weiß es nicht, ich habe ihn verwundet. Er steht irgendwo in der Halle, wenn er nicht an Ihnen vorbeigeschlüpft ist. Dr. Kemp – Herr Doktor!“

„Doktor Kemp!“ rief er nochmals.

Der zweite Schutzmann stand auf. Plötzlich hörte man die Schritte unbekleideter Füße auf der Küchen-Treppe. „Halt!“ rief der erste

Schutzmann und warf die Feuerzange nach jener Richtung. Sie zerschmetterte eine Gaskrone.

Er machte Miene, den Unsichtbaren bis hinunter zu verfolgen, dann besann er sich eines Besseren und trat ins Speisezimmer.

„Dr. Kemp – –“ begann er und hielt plötzlich ein.

„Dr. Kemp ist ein Held!“ sagte er, während ihm sein Gefährte über die Schulter blickte.

Das Speisezimmerfenster stand weit offen und weder das Hausmädchen noch Kemp waren zu sehen.

Auch der zweite Polizist hielt mit seiner schmeichelhaften Meinung über Kemps Heldenmut nicht zurück.

28. Kapitel
Der Jäger wird gejagt

Mr. Heelas, Kemps nächster Nachbar in dem Villenviertel, schlief in seiner Laube, als die Belagerung von Kemps Haus begann. Mr. Heelas gehörte der starrköpfigen Majorität an, die sich weigerte, an all den Unsinn über die Existenz eines unsichtbaren Menschen zu glauben. Er bestand darauf, im Garten spazierenzugehen, als ob nichts geschehen wäre, und nachmittags legte er sich, einer vieljährigen Gewohnheit getreu, dort zu einem Schläfchen nieder. Er schlief, während die Fenster eingeschlagen wurden, dann erwachte er plötzlich mit dem seltsamen Gefühl, daß etwas nicht in Ordnung sei. Er blickte zu Kemps Haus hinüber; dann rieb er sich die Augen und blickte nochmals hin. Jetzt richtete er sich auf und horchte. Das Haus drüben sah aus, als ob es seit Wochen verlassen wäre. Alle Fenster waren zerbrochen und, mit Ausnahme derjenigen des Studierzimmers im oberen Stockwerk, von innen durch Holzladen verschlossen.

„Ich hätte schwören können,“ sagte er, auf die Uhr sehend, „daß noch vor zwanzig Minuten alles in Ordnung war!“

Er vernahm in weiter Entfernung das Klirren von zerbrochnem Glas. Und während er noch mit offenem Mund dasaß, ereignete sich etwas noch viel Wunderbareres. Die Laden des Speisezimmerfensters wurden ausgerissen, und das Hausmädchen, im Hut und zum Ausgehen gekleidet, machte krampfhafte Anstrengungen, die äußeren Riegel zu öffnen. Plötzlich erschien ein Mann neben ihr und brachte ihr Hilfe – Doktor Kemp! Im nächsten Augenblick war das Fenster offen und das Mädchen sprang heraus, – sie eilte weiter und verschwand zwischen den Sträuchern. Mr. Heelas erhob sich, aufs höchste verwundert. Er sah Kemp auf der Brüstung stehen, aus dem Fenster springen und einen Moment später dem Gebüsch zueilen, hie und da stehenbleibend, wie jemand, der sich fürchtet, beobachtet zu werden. Dann sah er ihn über ein Gitter klettern, das ins Freie führte. In einer Sekunde war er drüben und rannte, so schnell er konnte, den Hügel hinab, auf Mr. Heelas zu.

„Herr Gott!" rief dieser, von einem plötzlichen Gedanken erschreckt. „Es ist der Unsichtbare! So ist die Geschichte doch wahr!"

Denken und Handeln war für Mr. Heelas eins, und die Köchin, die ihn vom Giebelfenster aus beobachtete, wunderte sich, ihn mit der Schnelligkeit von neun Meilen in der Stunde in das Haus rennen zu sehen. Man hörte Türen zuschlagen, Glocken läuten und Mr. Heelas' Stimme brüllen: „Schließt die Türen, schließt die Fenster, schließt alles – der Unsichtbare kommt!" Bald war das ganze Haus in Aufruhr. Er selbst schloß die Glastür, die auf die Veranda führte; zugleich sah er Kemps Kopf, Schultern und Knie auf dem Gartengitter erscheinen. Im nächsten Augenblick war Kemp durch das Spargelbeet gekrochen und lief über den Tennisplatz dem Hause zu.

„Sie können nicht herein," schrie Mr. Heelas, die Riegel vorschiebend. „Es tut mir sehr leid, wenn er Sie verfolgt – aber ich kann Sie nicht hereinlassen!"

Mit schreckensbleichem Gesicht erschien Kemp vor der Tür und rüttelte wie toll daran. Dann lief er, als er sah, daß seine Anstrengung nutzlos blieb, die Veranda entlang, sprang hinab und pochte heftig an die

Seitentür. Dann eilte er durch ein Seitentor aus dem Garten und auf die Straße hinaus. Und kaum hatte Mr. Heelas Kemp verschwinden sehen, als das Spargelbeet von neuem zertreten wurde, diesmal von unsichtbaren Füßen. Daraufhin floh Mr. Heelas eiligst nach oben und weiß vom Schluß der Jagd nichts mehr zu sagen.

Als Kemp auf die Straße hinauskam, schlug er natürlich den Weg nach der Stadt ein. Und so kam es, daß er in eigner Person denselben tollen Lauf unternahm, den er noch vor vier Tagen von seinem Studierzimmer aus mit so kritischem Auge beobachtet hatte. Er lief gut für einen Mann, der außer Übung war; und obgleich sein Gesicht bleich und feucht war, behielt er bis zum Ende kaltes Blut. Er lief mit langen Schritten, und wo der Grund uneben war, wo rauhe Kieselsteine lagen oder Glassplitter in der Sonne blinkten, da übersprang er die Stelle und überließ es den unbekleideten, unsichtbaren Füßen, sich einen Weg zu suchen.

Zum erstenmal im Leben entdeckte Kemp, daß die Straße unbeschreiblich lang und öde und die ersten Häuser der Stadt seltsam weit entfernt waren.

All die gelben Villen, die in der Nachmittagssonne zu schlafen schienen, waren verschlossen und verrammelt; zweifellos infolge seiner eigenen Aufforderung. Aber sie hätten doch die Möglichkeit eines Falles wie den seinigen bedenken können! Jetzt stieg die Stadt vor ihm auf; das Meer war hinter ihm verschwunden, und unten in der Stadt war Leben und Bewegung. Gerade hielt eine Trambahn am Fuße des Hügels. Ganz in der Nähe war das Polizeigebäude. Hörte er nicht Fußtritte hinter sich? Schnell!

Die Leute unten starrten ihn an. Sein Atem wurde schwer und keuchend. Er war jetzt ganz nahe bei der Trambahn. Wie ein Blitz durchzuckte ihn der Gedanke, in diese Trambahn zu springen und die Türen zuzuschlagen; dann beschloß er, doch zur Polizeistation zu laufen. Im nächsten Augenblick befand er sich am anderen Ende der Straße unter menschlichen Wesen.

Kemp verlangsamte den Schritt, dann hörte er seinen Verfolger dicht hinter sich, und wieder eilte er in rasendem Lauf weiter. „Der Unsichtbare!" rief er den Leuten mit einer unbestimmten Bewegung zu; und von einem glücklichen Gedanken geleitet, übersprang er einen Graben, bei dem Erdarbeiter beschäftigt waren, und trachtete eine Gruppe kräftiger Männer zwischen sich und seinen Verfolger zu bringen. Dann kam er von seiner ursprünglichen Absicht ab und bog in eine Seitenstraße ein. Den zehnten Teil einer Sekunde zögerte er vor dem Eingang eines Ladens, dann durcheilte er eine Allee, die wieder in die Hauptstraße führte. Zwei oder drei kleine Kinder, die dort spielten, schrien bei seinem Erscheinen laut auf und liefen eilends davon; Fenster und Türen öffneten sich und erregte Mütter stürzten heraus, um ihre Kinder zu schützen. Und als Kemp wieder in die Hauptstraße einbog, bemerkte er sofort einen lauten Tumult und durcheinander eilende Menschen. Die Situation hatte sich merkwürdig verändert.

Ein Dutzend Schritte von ihm entfernt lief ein riesenhafter Arbeiter und schwang seinen Spaten. Dicht hinter ihm folgten lärmend und schreiend andere. „Bildet eine Kette!" rief einer. „Er muß ganz nahe sein!" schrie Kemp.

Er erhielt einen heftigen Schlag ins Gesicht, der ihn wanken machte. Da wandte er sich um, in der Absicht, seinem unsichtbaren Gegner die Stirn zu bieten. Doch traf ihn ein neuerlicher, so gewaltig geführter Stoß, daß er kopfüber zu Boden stürzte. Im nächsten Augenblick fühlte er ein Knie auf seiner Brust und zwei seinen Hals umklammernde Hände. Er packte die Handgelenke, hörte seinen Gegner schmerzlich aufschreien, und dann wirbelte der Spaten des Arbeiters durch die Luft und fiel mit dumpfem Krach auf etwas nieder. Ein feuchter Tropfen fiel auf Kemps Gesicht. Der Druck auf seinen Hals gab plötzlich nach, mit einer letzten Anstrengung machte er sich frei und schwang sich nach oben. Er drückte die unsichtbaren Ellbogen nieder. „Ich habe ihn!" keuchte er. „Hilfe, Hilfe – haltet ihn, er liegt unten, packt seine Füße." Eine Sekunde später stürzte sich alles auf die Kämpfenden, und wenn ein Fremder plötzlich auf der Straße erschienen wäre, hätte er glauben können, ein ungewöhnlich wildes Fußballspiel sei im Gange. Auf Kemps Ruf folgte keine Erwiderung – man vernahm nichts als das Geräusch von Schlägen, Fußtritten und schweres Atmen.

Mit einer mächtigen Willensanstrengung gelang es dem Unsichtbaren, sich zu erheben. Kemp hing an ihm, wie ein Hund an einem Hirsch, und ein Dutzend Hände packten ihn und rissen ihn zu Boden.

Weiter ging der Kampf. Plötzlich ertönte ein wilder, röchelnder Schrei: „Barmherzigkeit!"

„Zurück, Leute!" rief Kemp mit dumpfer Stimme, und alle die sehnigen Männer traten zurück. „Er ist schwer verletzt, sage ich euch, zurück!"

Langsam wichen die Umstehenden etwas zurück, um Platz zu machen. Gespannt sahen sie zu, wie der Doktor scheinbar in der Luft kniete und unsichtbare Arme zu Boden drückte. Hinter ihm umklammerte ein Schutzmann unsichtbare Fußgelenke.

„Lassen Sie ihn nicht aus!" rief der riesenhafte Arbeiter, den blutigen Spaten noch immer in der Hand haltend. „Er verstellt sich bloß!" „Er verstellt sich nicht," erwiderte der Doktor, vorsichtig aufstehend, „auch halte ich ihn fest."

Sein Gesicht war zerschunden und rot; er sprach schwer, weil er aus der Lippe blutete. Er ließ eine Hand los und schien ein Gesicht zu betasten. „Der Mund ist ganz naß," sagte er, und dann: „Großer Gott!"

Er kniete neben dem Unsichtbaren nieder. Um ihn herum stieß und drängte man sich, neue Ankömmlinge vergrößerten die Menge. Es wurde wenig gesprochen. Kemp tastete herum, seine Hand schien durch leere Luft zu greifen. „Er atmet nicht," sagte er, „ich höre das Herz nicht schlagen."

Eine alte Frau, die unter dem Arm des riesenhaften Arbeiters durchblickte, kreischte auf. „Schaut her!" rief sie, einen runzeligen Finger ausstreckend. Und der Richtung des Fingers folgend, sah man hell und durchsichtig, wie aus Glas, so daß Venen und Arterien, Knochen und Nerven deutlich zu unterscheiden waren, die Umrisse einer Hand – einer schlanken, am Boden liegenden Hand. Je länger sie darauf blickten, desto dichter und undurchsichtiger wurde sie. „Hallo!“ rief der Schutzmann, „jetzt wird ein Fuß sichtbar!“

Und so setzte sich diese seltsame Sichtbarwerdung langsam fort, bei den Händen und Füßen beginnend und längs der Glieder langsam die Lebenszentren erreichend. Erst sah man, von kleinen Venen gebildet, die schattenhaften Umrisse der Glieder, dann die Knochen und Arterien, dann Fleisch und Haut, erst als schwacher Nebel und schließlich dicht und undurchsichtig.

Als Kemp sich endlich erhob, sah man auf dem Boden den jammervollen, zerschundenen, gebrochenen Körper eines ungefähr dreißigjährigen jungen Mannes. Er hatte weiße Haare und weiße Augenbrauen – weiß wie ein Albino, nicht durch Alter ergraut – und seine Augen waren rot wie böhmische Granaten. Er hatte die Hände geballt, die Augen waren weit geöffnet und ein Ausdruck von Zorn und Verzweiflung lag auf seinem Gesicht.

„Deckt sein Gesicht zu!“ rief ein Mann, „um Gottes willen, deckt das Gesicht zu!“

Jemand brachte ein Bettuch, und nachdem man den Leichnam damit bedeckt hatte, trug man ihn in ein Haus. Auf einem schäbigen Bett in einer bäurischen, schlecht beleuchteten Schlafstube, von einer unwissenden und erregten Menge umgeben, gebrochen und verstümmelt, verraten und unbeweint, beschloß dort Griffin, der erste Mensch, der es verstand, sich unsichtbar zu machen, Griffin, der genialste Physiker aller Zeiten und aller Völker, sein seltsames und schreckliches, tief unglückliches Leben.

Nachschrift

So endet die Geschichte des seltsamen und bösen Experiments des Unsichtbaren. Und wer mehr von ihm hören möchte, der muß in ein kleines Wirtshaus in Port Stowe gehen und mit dem Wirt dort reden. Das

Wirtshausschild ist ein leeres Brett, auf dem nichts gemalt ist als ein Hut und ein Paar Stiefel, und es nennt sich, so wie diese Geschichte sich nennt. Der Wirt ist ein kleiner, dicker Mann mit einer Stülpnase, straffen Haaren und rotgeflecktem Gesicht. Jedem, der reichlich zu trinken bestellt, erzählt er ganz aus eigenem Antrieb alles, was ihm später noch geschah, und wie die Advokaten versuchten, ihm den Schatz, den man bei ihm fand, abzusprechen.

„Als sie schließlich herausfanden, daß sie doch nicht nachweisen konnten, wem das Geld gehörte," berichtet er, „kamen sie schließlich auf die Idee, mich als Staatseigentum hinzustellen. Sehe ich etwa aus wie ein Staatseigentum, was? Und daraufhin gab mir ein feiner Herr jede Nacht zwanzig Mark dafür, daß ich die Geschichte im Empire-Variete erzählen sollte ... einfach so – – mit meinen eigenen Worten."

Und wer dem Strom seiner Rede ein plötzliches Ende setzen will, der braucht bloß zu fragen, ob nicht in der Geschichte auch drei handgeschriebene Bücher vorkamen. Er gibt zu, daß sie vorhanden waren und erklärt darauf mit vielen Beteuerungen, daß zwar alle Welt glaube, er hätte sie – daß er sie aber, wahrhaftiger Gott, nicht habe! „Der Unsichtbare hat sie genommen und versteckt, als ich ihm durchging und nach Port Stowe lief. Bloß Mr. Kemp hat die Leute auf den Gedanken gebracht, ich hätte sie."

Er versinkt in Nachdenken, beobachtet einen verstohlen, macht sich nervös mit seinen Gläsern zu schaffen und verschwindet bald darauf vom Schanktisch.

Er ist Junggeselle – hat immer die Neigungen eines Junggesellen gehabt – und es ist überhaupt kein Frauenzimmer im Haus. Nach außen hin zeigt sein Rock stets die gebührende Anzahl von Knöpfen – so wie man es verlangen kann von ihm. Aber in seinem intimeren Privatleben – z. B. an seinen Hosenträgern – hält er sich immer noch mehr an Bindfaden. Er führt sein Geschäft ohne besonderen Unternehmungsgeist, aber mit großem Anstand. Seine Bewegungen sind gemessen; und er ist ein großer Denker. Im ganzen Dorf ist er angesehen um seiner Weltklugheit und achtenswerten Knickrigkeit willen ... Eine auffallende Kenntnis der Landstraßen des ganzen südlichen Englands kennzeichnet ihn ...

Sonntag morgens – jeden Sonntagmorgen, jahraus, jahrein, während er unzugänglich ist für die Außenwelt, und jede Nacht nach zehn Uhr verschwindet er in seiner Wohnstube hinter dem Schankzimmer mit einem Glas schwach mit Wasser vermischten Branntweins in der Hand; nachdem er es auf den Tisch gestellt hat, verriegelt er die Tür, untersucht die Fensterläden und sieht sogar unter den Tisch. Darauf – wenn er sich überzeugt hat, daß er allein ist – öffnet er den Schrank, einen Kasten in dem Schrank und ein Fach in dem Kasten, zieht drei in braunes Leder gebundene Bücher hervor und legt sie feierlich in die Mitte des Tisches. Die Einbände sind verwittert und grün angelaufen – denn die Bücher haben einmal in einem Graben gelegen, und ein paar der Seiten sind von Schmutzwasser völlig verwaschen. – Der Wirt setzt sich in einen Lehnsessel, und stopft sich langsam eine lange Tonpfeife – immer gierig die Bücher betrachtend. Dann ergreift er eines und fängt an, unter fortwährendem Hin- und Herblättern – es zu studieren.

Seine Brauen ziehen sich zusammen, seine Lippen bewegen sich langsam und mühevoll: „... oben eine kleine Zwei ... ein Kreuz und ein ... Herrgott! Was das für eine Intelligenz gewesen sein muß!“ Nach einer Weile erlahmt sein Eifer; er lehnt sich zurück und blinzelt durch den Pfeifenrauch nach Dingen, die kein anderes Auge zu sehen vermöchte. „Lauter Geheimnisse!“ sagt er. „Die wunderbarsten Geheimnisse!“

„Wenn ich ihnen erst einmal auf den Grund komme – – Herrgott! Ich würd' es nicht machen wie er! Ich würde – – ah ...!“

Und er zieht an seiner Pfeife.

So versinkt er in seinen Traum, den unsterblichen, wunderbaren Traum seines Lebens. Und obgleich Kemp unablässig gesucht und geforscht hat, weiß kein menschliches Wesen außer dem kleinen Wirt, daß die Bücher da sind, mit ihrem unergründlichen Geheimnis der Unsichtbarkeit und einem Dutzend anderer, seltsamer Geheimnisse ... Und kein anderer wird von ihnen wissen ... bis zu seinem Tod ...